HARLEQUIN®

Anne Ashley

Hertigens utvalda

Översättning
Vivianne Cruuka

Anne Ashley har vuxit upp och studerat i Leicester. Under en period bodde hon i Skottland, men nu är hon tillbaka i England och lever med två katter, sina två söner och maken som har ett underbart sinne för humor. När Anne inte sitter framför datorn, tycker hon om att koppla av i trädgården och ägna sig åt kyrkans välgörenhetsverksamhet.

Alla våra böcker finns att köpa på harlequin.se!

Översättning: Vivianne Cruuka.
Senast utgiven 2003.

Ansvarig utgivare: Ewa Högberg, Förlaget Harlequin AB.
Sättning: Type-it AS, Trondheim.
Tryckning: UAB PRINT-IT, Gargždai, Lithuania.
ISBN 978-91-640-7625-0

Skandalen på

Steepwood

Bok 6

När den utsvävande markisen av Sywell för många år sedan vann klostret Steepwood Abbey i kortspel, ledde det till den dåvarande earlens av Yardley död. Nu har han orsakat skandal igen genom att gifta sig med en flicka ur en lägre samhällsklass – och ung nog att vara hans barnbarn! Efter att endast ha varit gifta en kort tid har markisinnan försvunnit, utan att lämna minsta spår efter sig. Det finns alla utsikter för att ytterligare skandaler ska komma i dagen, och det är tur att folket i byarna kring klostret inte har en aning om hur chockerade de kommer att bli.

De fyra byarna som omgärdar Steepwood Abbeys ägor befinner sig i kaos, inte bara på grund av de gräsliga aktiviteterna som förekommer på klostret, utan också med anledning av deras egna affärer. Varje berättelse i **Skandalen på Steepwood** följer upp mysteriet med den unga kvinnans försvinnande, och de individuella romantiska historierna om älskande är på något sätt sammanhängande med intrigen.

Ett ljud som lät misstänkt likt ett kvävt skrockande nådde hennes öron och hon tittade tvärs över rummet mot faderns förvånansvärt raka rygg och silvergrå hår. För att vara en gentleman som hade firat sin sjuttioförsta födelsedag några veckor tidigare var han fortfarande i fin fysisk kondition.

– Pappa, du förväntar dig väl ändå inte på allvar att jag ska överväga anbudet från lorden? undrade hon.

Det gjorde han inte men det hade han inte för avsikt att erkänna. – Du tycks glömma att jag var flera år äldre än lord Valc är nu när jag friade till din mor, svarade han i stället.

– Det stämmer, men då var du också en stilig och distingerad gentleman … och är det fortfarande, för den delen. Dessutom skelar du inte med ditt vänstra öga.

– Det passar dig inte att vara inställsam, flicka lilla, snäste lorden. Han var tvungen att kämpa för att inte tillåta sitt favoritbarn att linda honom runt sitt lillfinger – vilket hon sorgligt nog ofta lyckades med. – Som du vill, jag kan förstå din ovilja att överväga Vales erbjudande men vad säger du då om unge Farley?

Sophias ena ögonbryn for i höjden. – Du råkar väl inte känna välborne Cedric Farley? Jag tror inte att det är möjligt, sir … Han är en riktig dumskalle!

Än en gång blev lorden tvungen att anstränga sig

rejält för att dölja sin munterhet. Hans dotter var sannerligen brutalt rättfram.

– Får jag lov att fråga vilka dina invändningar mot både Pelham och Neubert var?

– Ett par riktiga provdockor!

– Herre min skapare! Lorden lade handen över ögonen. – Var i all världen har du lärt dig sådana uttryck?

Det sätt på vilket hon höjde ena ögonbrynet var en otvetydig indikation på att hon fann frågan totalt obehövlig.

– Från de manliga medlemmarna i det här hushållet förstås.

Inte det minsta glad över den plötsliga upptäckten att han hade hamnat i underläge återvände earlen med långa steg till sitt skrivbord.

– Jag ska sannerligen prata med din bror nästa gång jag ser honom. Han måste lära sig att vakta sin tunga när du är i närheten.

– Jag har fått besked om att Marcus borde dyka upp när som helst och att han planerar att stanna i London under en eller ett par veckor. Å andra sidan måste jag säga att det vore mycket orättvist av dig att läxa upp honom, pappa, påpekade hon till sin frånvarande halvbrors försvar. Speciellt inte med tanke på att du själv också använder de mest upprörande uttryck i min närhet.

Han var precis på vippen att protestera men ändrade sig. I stället lyfte han upp de brev han mottagit från de fyra olyckliga friarna och viftade med dem.

– Tro inte att du kan förleda mig att glömma bort det vi talar om, du listiga jänta!

Den enda effekt denna milda tillrättavisning hade på hans halsstarriga dotter var att få hennes leende att bli ännu bredare. Det resulterade i att lordens irritation till slut tog överhanden.

– Du förefaller ha en lättvindig syn på äktenskapet, Sophia, påpekade han torrt. Nå väl, tillåt mig att påpeka att det är en mycket allvarlig affär. Ett felaktigt val av partner leder till att alla inblandade blir olyckliga och har jag minsta lilla att säga till om ämnar jag försäkra mig om att du inte begår något misstag när det gäller din blivande make. Därför har jag fattat ett beslut.

Han gjorde en liten paus för att försäkra sig om att han hade hennes fulla uppmärksamhet. När han såg att det var fallet fortsatte han bistert.

– Jag har inte gjort någon hemlighet av det faktum att jag tänker låta överföra en större summa pengar på dig den dagen du gifter dig. I vilket fall som helst är det ett villkor förknippat med min generositet. Om du väljer att gifta dig utan mitt godkännande är det säkrast att din blivande make är tillräckligt förmögen för att försörja dig i framtiden. För då kommer du nämligen inte att få en endaste penny av mig. Än en gång tystnade han medan han kastade ner breven från de förkastade friarna på bordet. – Har du förstått?

– Givetvis, sir. Vad du försöker säga är att jag får gifta mig med vem som helst under förutsättning att mannen är välsituerad och hör hemma i vår socialgrupp. En olycksbådande glimt ersatte retsamheten i Sophias ögon när hon vigt reste sig ur fåtöljen närmast eldstaden. – I så fall förefaller det som om det blir mitt öde att leva ett hårt liv. För jag är mycket hellre fattig och gift med en bra man än låter nöja mig med någon enfaldig fjant vars enda bekymmer är hur han bäst ska knyta kravatten.

Lorden kunde vara lika bestämd som sin envisa dotter när han så valde och i fråga om detta ämne vägrade han ge vika.

– Får jag föreslå att du går upp på ditt rum och tänker igenom den här saken ordentligt, påpekade han omedgörligt.

Lydigt började hon genast gå mot dörren men vände sig sedan om för att tillägga något. Ögonen gnistrade fortfarande men huruvida det berodde på ilska eller jäkelskap eller en kombination av båda kunde lorden inte veta.

– Jag ska givetvis göra som du önskar, men inte under någon längre tid. Mamma skulle inte bli glad om jag dök upp för sent på min egen bal.

Med den avsiktligt provocerande kommentaren

lämnade hon rummet. Kvar blev fadern för att undra över vilka synder han begått för att gudarna skulle belöna honom med en sådan trotsig flicksnärta.

Earlens maka, som dök upp från salongen i tid för att se sin dotter klampa uppför trappan, var inte sen att lägga märke till hur beslutsamt det ljuvliga ansiktet var. Redan innan hon fortsatte in i biblioteket och såg maken stirra ut genom fönstret förstod hon att samtalet inte hade gått som beräknat.

– Jag antar att Vales erbjudande avfärdades lika föraktfullt som de andras, anmärkte hon lätt när hon slog sig ner i den fåtölj som Sophia precis hade lämnat.

– Din dotter är omöjlig! snäste lorden. Vilket i sig givetvis var svar nog.

– Thomas? Hur kommer det sig att hon alltid är min dotter så fort hon har gjort dig missnöjd på något sätt? Medan hon vid alla andra tillfällen är din älskade lilla Sophia?

Oavsett hur irriterad earlen var kunde han inte låta bli att le när han hörde det. Därför vände han sig om för att titta på kvinnan som fört med sig äkta frid och förnöjsamhet i hans liv. Det var inte första gången han välsignade försynen för att deras stigar hade korsats för alla de där åren sedan i Indien.

Till skillnad mot Danielle, hans första maka, hade Marissa aldrig kunnat kallas för en skönhet – inte ens när hon var ung. Ändå tyckte lorden att hennes många underbara egenskaper hade motstått tidens gång på ett sätt som enbart skönhet inte skulle ha lyckats med. Hon hade visat sig vara en tillgiven hustru och kärleksfull mor till deras egna barn även om hon helt hade misslyckats med att forma ett moderligt band till Marcus, det barn han hade från sitt första äktenskap. Hans äldste son hade däremot aldrig gjort något hemlighet av att han högaktade sin styvmor.

En suck undslapp earlen när han tvingade tillbaka tankarna på nuet och han slog sig ner i fåtöljen på andra sidan eldstaden.

– Jag fruktar att jag har förstört allt, min kära. Sophia vägrar till och med att överväga Vales giftermålsanbud.

Hans maka log. – Du kan väl i ärlighetens namn ändå inte påstå att du är förvånad? Mannen är trots allt betydligt äldre än hon. Bortser man från hans pengar har han inte heller mycket som talar för sig … Dessutom befarar jag att storleken på en mans förmögenhet inte har någon större inverkan på vår dotter.

– Det har hon verkligen klargjort i dag. Earlens grå ögonbryn möttes ovanför näsroten och avslöjade tydligt hur missbelåten han var. – Jag tvivlar inte heller på att det är på den där fördömda skolan som de har tutat i henne att man ska strunta i pengar och titlar. Hon borde aldrig ha fått börja där, Marissa! Den där människan Guarding är inget annat än en revolutionär med alla sina dumma idéer om jämlikhet.

Än en gång skymtade ett milt leende på makans läppar. – Som du kanske kan dra dig till minnes, Thomas, så var vi båda överens om att Sophia skulle må bra av att vistas en eller ett par år i Steep Abbot. Det var också du som insisterade på att hon inte skulle placeras på någon av de förnämliga skolor som finns i Bath eftersom hon då skulle bli tvungen att vara borta hemifrån flera veckor i följd. Mrs Guardings skola för flickor låg nära oss och eftersom den har ett utmärkt rykte blev den följaktligen det mest uppenbara valet.

Vad gäller det hon lärde där … Damen sträckte sig efter sitt broderi och började lugnt att föra nålen genom tyget. – Hon lärde inget från mrs Guarding som du själv inte har inpräntat i alla dina barn. Redan från tidig ålder har alla fyra fått lära sig att behandla dem som är mindre lyckligt lottade än de själva hövligt och rättvist. Och det, min käre Thomas, är orsaken till att det sällan är någon tjänare som önskar lämna oss.

Earlen upptäckte att han var oförmögen att säga emot henne. – Mycket sant, min kära, tillstod han. Men även om jag tror på att behandla goda och lojala tjänare med den respekt de är värda, innebär det inte att jag skulle bli glad över att få en betjänt till svärson.

När hans maka hörde det höjde hon frågande på ögonbrynen. – Vad i all världen får dig att tro att det skulle kunna hända?

– För att din fördömda dotter kan vara förbaskat tjurskallig när hon fått något för sig! svarade lorden och irritationen återvände med full styrka. Hon sa det nästan så gott som rent ut att inget kan få henne att gifta sig med en medlem ur sin egen samhällsklass. Hellre är hon fattig och bunden vid en utarmad och enkel människa. Kan du tänka dig det?

Lordens maka iakttog honom under tystnad en stund. Hon insåg plötsligt att mer hade inträffat mellan far och dotter än hon till en början hade insett.

– Varför skulle Sophia ens föreställa sig att hon kommer att bli fattig? frågade hon långsamt. Hon är arvtagerska. Du har gått med på att överföra en smärre förmögenhet på henne.

För första gången under samtalet visade lorden tydliga tecken på att känna sig illa till mods. – Bara under förutsättning att hon gifter sig med mitt fulla godkännande, mumlade han och ångrade redan att han hade framställt hotet.

Det var inte mer än vad som kunde förväntas att en flicka som var van vid att alltid få som hon ville skulle revoltera första gången hon upptäckte att det fanns begränsningar för den friheten. Men vilket val hade han egentligen? Det var trots allt hennes eget bästa han hade för ögonen. Varför i all världens namn kunde den trotsiga jäntan inte förstå det?

Plötsligt kände han sig matt och lutade sig tillbaka i fåtöljen. – Åh, Marissa, jag vet faktiskt inte vad jag ska ta mig till. Jag är sjuttioett och jag kan inte leva i all evighet. Att pojkarna klarar sig utmärkt utan mig behöver jag inte ens tvivla på, men vem ska ta hand om min lilla Sophia när jag är borta?

Hans maka gav honom en förebrående blick. – Du går händelserna i förväg, käre make, sa hon lätt eftersom hon inte hade för avsikt att bli deprimerad över det sorgliga ämnet. Dessutom är jag säker på att Marcus klarar av att fylla din plats när den tiden kommer. Å andra sidan är jag övertygad om att det ännu dröjer många år, hävdade hon, men kunde inte undgå att höra makens avfärdande fnysning.

Du är mycket orättvis mot Marcus, min käre, om du så för ett endaste ögonblick tar för givet att han skulle strunta i sitt ansvar. Under de senaste åren har han förvaltat din egendom i norr på föredömligt sätt. Jag vet att han ibland förefaller vara hård och omöjlig att nå, men under den stingsliga ytan är han en mycket hänsynsfull man. Dessutom är han mycket förtjust i sina tvillingbröder och Sophia i synnerhet.

Det var en källa till mycken sorg hos lorden att han aldrig hade lyckats etablera ett närmare förhållande till sitt äldsta barn än vad som nu var fallet. Trots det var han rättvis nog att erkänna att hustrun hade rätt.

– Det är en sak du inte har tänkt på, min kära, mumlade han. Marcus kommer själv att gifta sig en dag och bilda familj. Då vill han säkerligen inte belastas med den extra bördan att hålla ett öga på sin mycket nyckfulla halvsyster.

– Det är möjligt att hon uppvisar en trotsig och egensinnig sida ibland, Thomas, svarade makan, som än en gång kom på sig med att rycka ut till Sophias försvar, men hon är långt ifrån dum. Problemet är att hon fortfarande hyser vissa flickaktiga och romantiska tankar. Trots det är jag övertygad om att hon tänker sig för ordentligt innan hon binder sig vid en man.

Earlen var långt ifrån övertygad, men Sophias mor hade större tilltro till dotterns omdömesförmåga.
– Överlämna det till mig, min käre, föreslog hon på sitt milda sätt. Jag ska prata med henne.

De sista arrangemangen inför balen höll earlens maka upptagen under resten av eftermiddagen. Även om så inte hade varit fallet skulle hon ändå ha dragit sig för att söka upp dottern och ta upp frågan om äktenskap med henne. Detta berodde på vetskapen om att situationen enbart kunde förvärras om Sophia fick för sig att båda föräldrarna var fast beslutna att hon skulle göra ett utomordentligt parti innan säsongen var över.

I själva verket kunde inget ha varit längre från sanningen. Trots att hon mycket väl kunde förstå makens oro över deras enda dotters framtid – samt hans fruktan för att hon skulle råka ut för lycksökare – såg hon inget skäl till att Sophia inte skulle få njuta av sin första säsong i London. Om hon under den tiden råkade bli bekant med någon trevlig gentleman som hon kunde tänka sig att tillbringa resten av livet med var det gott och väl. Om inte … nå väl, det skulle komma fler tillfällen.

När hon något senare klev in i dotterns sovrum var det i tid för att se den duktiga unga kammarjungfrun fästa en liten bukett sidenblommor i Sophias vackert friserade lockar. Till skillnad mot sin impulsiva dotter brukade damen alltid lägga band på sina känslor. Ändå fanns det onekligen en stolt glimt i hennes grå ögon när hon granskade flickans utseende.

– Du ser helt förtjusande ut, min kära, förkunnade hon på sitt tystlåtna sätt medan hon med en nick visade att tjänsteflickan kunde gå.

Även om naturen utan tvekan varit generös och välsignat Sophia med ett ljuvligt ansikte och fin figur var hon inte det minsta fåfäng. Detta bevisades nu också av att hon med ringa entusiasm sneglade på sin spegelbild.

– Den här klänningen är fin, mamma, och jag tycker verkligen om den ... Ändå skulle jag ha föredragit att få den uppsydd i mörkblått eller rött. Madam Félice sa att jag passar bäst i starkare och livfullare färger.

– För att inte tala om att madam Félice har rykte om sig att aldrig missta sig, svarade modern med mild röst. Trots det är jag fortfarande gammaldags nog att anse att unga damer enbart ska bära pastellfärger. Efter det att du har gift dig är det givetvis helt i sin ordning att du bär de färger du själv föredrar.

När hon såg dotterns värderande blick i spegeln på toalettbordet log hon. Nej, tänkte hon. Det var verkligen inget fel på Sophias fattningsförmåga. Inte heller befarade hon för ett ögonblick att dottern skulle dra vanära över sig genom att rymma med en fattig och enkel man. Såvida hon inte kände sig för hårt pressad, förstås, och som en följd av det lät sig förledas att begå en sådan dumhet.

– Nej, min kära, jag kom inte hit för att diskutera äktenskap, försäkrade hon, eftersom hon visste vilka tankar som for genom dotterns huvud. Jag tar för givet att du har hört mer än nog om det ämnet för tillfället.

Sophia suckade nästan av lättnad. Hennes mor, som vanligt anmärkningsvärt samlad, tog alltid hänsyn till andras känslor. Åh, hon önskade verkligen att hon hade varit mer lik henne! Sorgligt nog fruktade Sophia dock att hon hade ärvt det ibland hetsiga och oftast envisa humör som präglade släkten Cleeve.

– Jag har aldrig sett pappa så oresonlig tidigare. Han verkar ta för givet att bara en man i besittning av både titel och förmögenhet kan bli en god make till mig.

Earlens maka, som enbart alltför väl förstod sig på sin stackars makes dilemma, förhöll sig tyst. På vilket sätt kunde en kärleksfull far förmedla till sin högt älskade dotter att vissa karlar kanske skulle be om hennes hand enbart för att hon var rik? Och att därtill kunna göra detta utan att såra hennes känslor?

– Ändå var det han själv som inpräntade i oss barn att en tjänare kan vara lika ädel som en hertig, fortsatte Sophia. Jag har tagit till mig av den lärdomen för jag är hellre gift med en bra och värdig man, oavsett vilken ställning han har, än med en adelsman enbart för förmånen att få fortsätta att leva i lyx. Hon tystnade för att ge modern en vädjande blick. – Det förstår du väl ändå, mamma?

– Bättre än du kan ana, min kära. Vad du försöker säga är att du vill äkta en man som du kan älska och respektera … och en som i sin tur älskar och respekterar dig. Hon slog sig ner på schäslongen, höll ut handen och väntade ända tills dottern gjort henne sällskap innan hon fortsatte. – Det är vad din far också vill. Hans högsta önskan är trots allt bara att du ska bli lycklig, Sophia. Därför kommer han att göra allt som står i hans makt för att försäkra sig om att du inte begår samma misstag som han själv en gång gjorde.

Earlens första äktenskap var ett samtalsämne som sällan nämndes i huset. Trots det hade Sophia under åren hört tillräckligt mycket från äldre tjänare och vänner till familjen för att veta att hennes far bittert ångrade att han hade gift sig med den vackra Danielle.

– Ja, det kan jag förstå, svarade hon och rösten mjuknade en aning. Trots det återstår ännu för mig att träffa en man jag kan tänka mig att tillbringa mitt liv med. I fråga om det måste jag erkänna att män som lord Vale sannerligen inte faller mig i smaken, mamma.

– Jag har heller aldrig varit förtjust i medelålders dandyer, erkände hennes mor och klappade därefter tillgivet dottern på handen. Och det finns inte något skäl till varför du skulle anta ett giftermålsanbud såvida du själv inte vill det. En sak är jag säker på. Förr eller senare kommer du att träffa en trevlig ung gentleman som lyckas med konststycket att fånga ditt hjärta. Fram till dess vill jag inte att du oroar dig mer över saken.

Det var lättare sagt än gjort. För även om moderns förstående inställning bidrog till att lugna Sophia kände hon sig ännu illa till mods. Detta kom sig av att hon avskydde att vara på kant med sin far. Ändå var det omöjligt för henne att acceptera den oresonliga ståndpunkt han hade intagit. Var det kanske hennes fel att fyra gentlemän hade friat till henne sedan ankomsten till staden? Hon hade sannerligen inte uppmuntrat någon av dem med undantag för att hon tackat ja när de bjudit upp henne!

Allt var så löjligt, beslöt hon sig för, medan hon ställde sig upp och följde med modern ut ur rummet. Hon hade knappt utväxlat mer än ett dussin ord med någon av de ratade friarna, så vad i all världen hade fått dem att tro att hon skulle bli en lämplig maka?

Hon hade hört och läst nog under sina år för att förstå att det fanns ett sådant fenomen som kärlek vid första ögonkastet – även om hon själv aldrig hade råkat ut för det. Därtill var hon också medveten om att gentlemän var kända för att låta sig bedåras av ett vackert ansikte. Hon kunde dock inte låta bli att undra om hon själv skulle framstå som lika tilltalande för vissa medlemmar av det motsatta könet om det inte hade varit för de femtiotusen pund som fadern lovat att ge henne när hon gifte sig.

När hon såg sin far i dörröppningen till balsalen, beredd att hälsa på de första gästerna, kom hon dock på något som fick henne att le i smyg. Hans hot om att göra henne arvlös om hon gifte sig utan hans godkännande kunde vändas till hennes fördel. Om det blev allmänt känt att hon trots allt inte var en arvtagerska skulle fortsatta äktenskapserbjudanden förmodligen avta och med lite tur också upphöra helt. Det i sin tur skulle innebära att hon hade frihet att njuta av sin första säsong i London utan att det uppstod ytterligare friktion mellan henne och fadern.

När idén väl hade fötts fortsatte den att växa till sig och Sophia hade inga större problem med att verkställa planen genom att undslippa sig några ord här och var i ett mottagligt öra. Även om säsongen ännu inte var officiellt inledd, fanns det gott om folk i London och alla hade ivrigt accepterat en inbjudan till familjen Yardleys bal. Bland de fyrahundra gästerna fanns också många förhoppningsfulla mödrar vars döttrar sorgligt nog inte kunde påstå sig vara några större skönheter. Därför var det inte mer än vad som kunde förväntas att flera av dessa föräldrar mer än villigt vidarebefordrade ogynnsamma nyheter i fråga om en farlig rival. Det ökade deras egna avkommors chanser att lyckas tillförsäkra sig passande partier.

Som en följd och allt eftersom kvällen fortskred lade Sophia till sin stora belåtenhet märke till de många tankfulla blickar som riktades mot henne. Hon var inte så dum att hon för ett ögonblick trodde att samtliga närvarande skulle tro på det rykte som cirkulerade om henne. Inte heller antog hon att den förmenta avsaknaden av hemgift skulle avskräcka varje man från att fria till henne. Därför försäkrade hon sig om att inte dansa med någon gentleman mer än en gång.

Trots det behövde hon aldrig sakna en partner och kvällen var långt framskriden innan hon lyckades smita från dansgolvet. Hon hade fått syn på sin goda vän Robina Perceval som också åtnjöt sin första säsong i London och såg fram emot en pratstund med henne.

– Det här är verkligen strålande tillställning, förkunnade Robina när Sophia utmattad slängt sig ner i en ledig stol intill henne. Jag har nog aldrig sett så många människor samlade i ett enda rum tidigare. De danstillställningar som faster Eleanor arrangerar på Angel där hemma går inte ens att jämföra med det här.

Sophia var däremot inte lika imponerad. Till skillnad mot Robina som levde ett rätt lugnt liv på prästgården i Abbot Quincey, en liten marknadsort som låg på bekvämt räckhåll från familjen Cleeves gods på landet, hade Sophia deltagit i många större fester sedan sexton års ålder.

– Ja, det är förskräckligt trångt, inte sant? Du måste vänja dig vid sådana här bjudningar, Robina. Jag har nämligen ur säker källa fått höra att en fest inte anses vara en succé såvida man inte hela tiden trampar andra på tårna.

Hon lät blicken svepa över de församlade i den fullsatta balsalen medan hon försökte få syn på bekanta ansikten i mängden.

– Jag blev ledsen över att höra att din kusin Hester inte skulle komma men jag ser åtminstone hennes bror Hugo där borta. Jag dansade också med honom för en stund sedan.

– Om jag förstått det rätt lär inte faster Eleanor och Hester anlända till London förrän i april, visste Robina att berätta och ett leende sprack fram. Fick Hester bestämma tror jag däremot inte att hon ens skulle bemöda sig om att komma. Till skillnad mot Hugo har hon inget intresse av stadslivet. Då föredrar hon betydligt hellre att sitta instängd på sitt rum på vinden. Man kan bara gissa vad hon sysslar med, men hon är upptagen hela dagarna. Vem skulle ha kunnat tro att syskon kan skilja sig så mycket från varandra?

Leendet bleknade när hon sneglade på vännens vackra profil. De hade känt varandra större delen av sina liv och hade alltid varit bästa vänner. Därför drog sig inte Robina för att säga det hon hade på tungan.

– Sophia? Jag tror du borde känna till att det cirkulerar ett rätt otrevligt rykte om dig i kväll. Hunnen så långt lade hon märke till hur det började rycka i vännens mungipor. – Säg inte att det var du själv som startade det där befängda ryktet om att earlen gjort dig arvlös! Vad i all världen har det kommit över dig?

Medveten om att kyrkoherdens dotter aldrig skulle

svika ett förtroende drog sig inte Sophia för att berätta allt.

– Nu vet du varför, fortsatte hon efter att ha gett ett sammandrag av samtalet med fadern tidigare under dagen. Jag var tvungen att göra något för att få stopp på alla löjliga giftermålsanbud. Dessutom är det ju inte som om det vore en ren lögn. Pappa har verkligen hotat med att göra mig arvlös om jag gifter mig mot hans vilja. En trotsig glimt tändes i ögonen. – För att vara helt ärlig så var det just i den stunden jag beslöt mig för att göra exakt det.

Robina satt tyst medan hon smälte det hon fått reda på. Även om hon hade fått lära sig att avund var en synd kunde hon inte låta bli att känna sig lite harmsen vid tanken på vännens privilegierade ställning. Deras omständigheter skilde sig totalt. Sophia kunde avvisa friare hur hon ville medan hon själv noggrant skulle tvingas överväga eventuella anbud. Ändå var det inget fel på hennes bakgrund – båda hennes föräldrar kom från adelssläkter – och namnet Perceval var både gammalt och aktat. Det förändrade dock inte det faktum att hon inte var mer än en landsortsprästs dotter, som till råga på allt hade en sorgligt liten hemgift. Föräldrarna var långt ifrån blottställda men de hade verkligen inte råd med en andra säsong för sin äldsta dotter. Speciellt inte med tanke på att tre yngre systrar ivrigt väntade på att introduceras i societeten. Därför tyckte Robina att det var hennes plikt att acceptera ett något så när resonligt giftermålsanbud. Men det förhindrade inte att hon önskade att hon också skulle haft förmånen att få gifta sig för kärleks skull!

– Det har inte gått många dagar sedan jag lämnade prästgården, började hon med ett litet leende. Trots det känner jag redan att jag står i färd med att bli bortkollrad av den lättsinnighet som råder här i storstaden.

Sophia skrattade. – Du försöker väl inte antyda att min lugna lilla vän riskerar att hamna på villovägar? Av vem eller vad om jag får lov att fråga?

– Det ska jag förklara vid något annat tillfälle. Såvida jag inte misstar mig är en gentleman på väg mot oss för att bjuda upp dig.

Det stämde. Lord Nicholas Risely hade ställt kosan mot de två damerna som satt längs väggen. Lång, smärt och stilig var han en stor favorit hos många av societetens ledande värdinnor och blev som en följd av det inbjuden till de flesta tillställningar.

Hans klädsel var oklanderlig, sättet belevat och hans framlidne far hade dessutom varit hertig. Det innebar att han, även om han var en yngre son, ansågs vara en mycket lämplig äktenskapskandidat.

Om Sophia inte hade varit förutseende nog att gardera sig mot oönskad uppvaktning skulle dessa fakta ha varit mer än nog för att hon skulle klassa honom som en av de gentlemän som det var säkrast att undvika. Så var nu inte fallet och det var dessutom med glatt hjärta hon hade tillåtit honom att föra ner sitt namn på hennes danskort. Detta kom sig av att hon ur säker källa hade fått höra att lord Nicholas Risely inte var på jakt efter en maka.

När han eskorterade ut henne på dansgolvet kunde hon inte låta bli att lägga märke till den begrundande blick han gav henne.

– Någonting förefaller störa er, milord, anmärkte hon. Med tanke på hur duktig ni är på att dansa kan jag inte heller föreställa mig att ni är rädd för att göra bort er.

Dansens turer skilde dem åt och det gav lord Nicholas möjligheten att formulera ett svar. Efter att ha mött Sophia Cleeve vid två tidigare tillfällen hade han redan beslutat sig för att han var ganska förtjust i henne. Hon var intelligent och slagfärdig och skilde sig betydligt från alla tillgjorda unga damer som översvämmade äktenskapsmarknaden varje år. Hade han inte varit fullt nöjd med att fortsätta leva som ungkarl några år till skulle hon ha varit exakt den sortens flicka som han själv skulle ha fattat intresse för.

Hon var också en tilldragande kvinna. Även om hon inte var en skönhet i klassisk stil var hon förvisso ljuvlig nog för att få mången illvillig katta som hade en egen dotter som debuterade att sprida elakt skvaller om henne … allt i hopp om att få den underbara lady Sophia att förefalla mindre åtråvärd.

Ta bara det här med att hon saknade hemgift! Det var både orättvist och uselt att sprida sådana rykten. Han hade sannerligen ingen lust att hjälpa någon äktenskapsmäklande mor på traven genom att upprepa det han hade fått höra i kväll.

– Det är ingenting alls som stör mig, milady, försäkrade han därför när dansens turer förde dem tillsammans igen. Sanningen att säga skulle jag inte kunna vara lyckligare. Det här är en underbar tillställning och jag är hedrad över att få dansa med balens drottning.

– Det var snällt sagt av er, lord Nicholas. Hade någon annan gentleman yttrat de orden skulle jag genast ha blivit på min vakt, men med er kan jag tack och lov känna mig säker.

Vad i all världen menade hon med det? undrade han när de skildes åt igen. Därför dröjde han inte med att avkräva henne en förklaring när de strålade samman nästa gång.

– Bara det att er gode vän Freddy Fortescue försäkrat mig att ni inte tänker överge er ungkarlsstatus på ett tag än. Därför kan jag ta emot era komplimanger utan att frukta att ni är dum nog att låta dem åtföljas av ett äktenskapsanbud.

Nicholas blinkade till. Flickan var mycket rättfram

och han var inte helt säker på att han tyckte om det. Det var möjligt att han inte haft för avsikt att fria till henne, eller någon annan, men det kändes ändå nedslående att få veta att hans uppvaktning inte skulle ha välkomnats.

Sophia var inte sen att lägga märke till uttrycket i hans ansikte. – Jag har förolämpat er, milord, och det var inte meningen, försäkrade hon. Därefter gav hon honom ett strålande leende som var av den arten att det onekligen kunde mildra det sårade egot hos vilken ung gentleman som helst. – Det är bara det att jag själv inte har bråttom att lämna mitt liv som ogift. När jag väl ger mig in i det äktenskapliga ståndet kommer det heller aldrig att bli med en medlem ur högsta societeten.

För en stund tänkte han att hon inte kunde mena allvar, utan att det hela måste vara ett skämt. Därefter erinrade han sig dock att han tidigare under kvällen hade hört att lord Vales frieri hade avslagits. Gentlemannen själv var inte närvarande för att bekräfta det, men om frånvaron tydde på sårade känslor eller på att han haft ett tidigare engagemang var omöjligt att säga.

– Välsituerade adelsmän faller mig inte i smaken, lord Nicholas, fortsatte Sophia. Hon hade nämligen precis beslutat att det inte kunde skada om hon lät sprida ut det ryktet också. – Jag är fast besluten att gifta mig med en värdig man och det oavsett hur låg ställning han har.

– En betjänt snarare än en markis eller en stalldräng före en hertig, föreslog han halvt på skämt. Jag tror nog att er far har ett och annat att säga i fråga om det, lady Sophia.

– Åh, det har han redan gjort, tvekade hon inte att avslöja. Men hans hot om att göra mig arvlös har inte avskräckt mig.

Fortfarande osäker på om han skulle tro det eller inte eskorterade han henne tillbaka till sin söta väninnas sida så fort dansen var slut. Därefter fortsatte han raskt för att hinna smaka på några av kvällens förfriskningar. Han hade precis fått ett glas champagne av en betjänt när han fick en klapp på axeln och hörde en myndig röst i sitt öra.

– Är det jag fick höra sant eller inte, Risely?

Han vände sig om för att titta på den vördnadsbjudande lady Sally Jersey som nu betraktade honom med högdraget höjda ögonbryn. Hade det varit någon annan än hon skulle han kanske ha frestats att låta bli att svara, men förolämpade man just den damen skedde det på egen risk.

– Det är omöjligt att säga åt vilket håll vindarna blåser, madam. Personligen sätter jag ingen större tilltro till ryktet. Earlen av Yardley förefaller vara alltför förtjust i sin dotter för att göra henne arvlös.

Hon avfärdade kommentaren med en lätt viftning av den späda handleden. – Jag talar inte om det struntpratet. Herregud, jag har ingen aning om hur det dumma ryktet har uppstått. Nej, det var Sharnbrook jag syftade på. Jag stötte på er syster häromdagen när hon gjorde ett av sina sällsynta besök till staden och hon nämnde att det inte har hörts något från er bror på flera månader.

– Ja, det stämmer, bekräftade han, med något som av andra kunde anses som en okänslig avsaknad av intresse. Vi fick ett brev från honom för ett halvår sedan och efter det att han hade fått reda på vår fars död. I det uttalade han sin avsikt att återvända till landet innan årets slut. Jag kan bara ta för givet att han blev förhindrad av något på Jamaica.

– Nå väl, när han väl återvänder, måste ni tala om för honom att han inte får gömma sig för omvärlden i det där magnifika föräldrahemmet han äger. Alla vi värdinnor behöver honom här i London. Vilket kap på äktenskapsmarknaden! Åh, alla unga damer kommer att göra sitt bästa för att fånga hans intresse.

– Inte alla, mumlade han, och sneglade mot skönheten med det korpsvarta håret som än en gång eskorterades upp på dansgolvet.

Andra kapitlet

Lord Nicholas Risely var bland de första gästerna som lämnade salen. När han älskvärt tog farväl av värden och värdinnan var det mer än en som kastade häpna blickar på honom.

Lord Nicholas hade nämligen sedan sitt inträde i societeten två år tidigare fått rykte om sig att vara en mycket sällskaplig ung man med ett outtömligt förråd av energi. Det stämde, för det var sällan han sökte sig hem före tre på morgonen. I kväll verkade han dock inte ha lust att umgås.

I stället klev han ut i den kyliga kvällsluften, drog några djupa andetag och började sedan raskt promenera i riktning mot det lilla men bekväma hem han hade i staden. Han hade inte brytt sig om att be betjänten skaffa fram en hyrvagn. I dessa mondäna kvarter i London var risken för stråtrövare inte stor.

Även om han hade lyckats se oberörd ut hade det korta samtalet med lady Jersey väckt liv i de obehagskänslor rörande broderns säkerhet som inte bara hade plågat honom utan också vuxit i styrka under de gångna veckorna. I det sista brevet från Jamaica hade Benedict klart uttalat sin avsikt att återvända till sitt hemland under hösten. Det var för nästan ett halvt år sedan och därefter hade ingenting hörts av honom.

Det var givetvis möjligt att han hade tvingats ändra sina planer och hade skjutit upp avresan. Eller också att ett brev i vilket han informerade familjen om sina planer hade gått förlorat. Trots det kunde Nicholas inte helt avfärda tanken på att någon olycka hade drabbat den sjunde hertigen av Sharnbrook.

Långa båtresor var riskfyllda även under de bästa omständigheter och hade varit det i ännu högre grad under de sista oroliga åren. Englands utmärkta flotta må vara herre på havet men inte ens de tappra sjömännen kunde bevaka hela vattenytan och riskerade ständigt att bli anfallna av franska farkoster.

Än mer oroväckande var minnet av de våldsamma stormar som hade hemsökt kusten under vintermånaderna och piskat upp havet till ett vitt skum. Under de perioderna hade mer än en farkost mött sin undergång. Atlanten var en enorm ocean och det kunde dröja bra länge innan skepp som gick förlorade ens rapporterades som saknade.

Nicholas försökte låta bli att grunna på denna hemska omständighet när han återvände till sitt hem. Han hyste höga tankar om den bror han inte hade sett på drygt fem år, och hade inte någon önskan att inta Benedicts plats som familjens överhuvud. Han var mer än nöjd med sin sorglösa ungkarlstillvaro. Även om han inte ansåg sig vara lättsinnig drog han sig vid blotta tanken på att ta ansvaret för familjens enorma ägor i Hampshire – för att inte tala om de andra stora egendomarna som låg lite här och var i landet.

Han tog upp nyckeln ur fickan, låste upp och gick in. Eftersom han aldrig var säker på när han skulle anlända hem uppmuntrade han aldrig sin betjänt att sitta uppe och vänta på honom. Till sin stora förvåning upptäckte han dock att denne slumrade i den bekväma skinnfåtöljen i hallen.

– Vad är det frågan om, Figgins? Varför ligger du inte till sängs, karl? krävde han att få veta när tjänaren vaknade till av ljudet av dörren som stängdes.

Eftersom Figgins arbetat under större delen av sitt liv hade han vant sig vid adelns sätt och fasoner. Därför tog han inte det minsta illa vid sig av sin unge herres rätt otåliga tonfall.

Även om han alltid hade ansett sig vara en förstklassig betjänt hade han inte varit avogt inställd att acceptera posten som allt-i-allo i detta lilla men eleganta hushåll när hans förre herre gick hädan. Han hade arbetat för lord Nicholas under två års tid och kunde ärligt säga att han aldrig hade begått några etikettsbrott – åtminstone inte förrän i kväll.

Han reste sig och kastade en bekymrad blick i riktning mot salongen. – Jag kände det vara min plikt, sir, med tanke på … omständigheterna, att invänta er hemkomst för att hinna underrätta er i förväg.

– Om vad då? ville Nicholas veta när hans mycket korrekte betjänt än en gång sneglade bort mot den stängda dörren till salongen.

– Om det faktum att det finns någon annan som väntar på er återkomst.

Nicholas, som vid det här laget fått av sig ytterplaggen, vände nu hela sin uppmärksamhet mot sin tjänare. Det var för all del inte ovanligt för honom att återvända hem framåt småtimmarna för att upptäcka någon av sina många vänner sovande på soffan i salongen. Därför var det omöjligt för honom att förstå varför Figgins nu skulle göra så stor affär av det.

– Nå, ut med språket, karl! Vem är det? Harry Harmond?

– Nej, sir. Den här personen har jag aldrig träffat tidigare. Figgins, som sällan visade känslor, smålog lite grann. – Jag har alltid yvts över min förmåga att vara en bra människokännare som på pricken kan bedöma en persons ställning i livet. Och jag känner sannerligen till en inkräktare när jag ser en. Leendet försvann. – Å andra sidan är jag tvungen att erkänna att den person som kom förbi, strax efter det att ni hade lämnat huset och nu i all bekvämlighet förskansat sig i salongen, har gjort mig mycket förbryllad. Hans utseende efterlämnar … öh … mycket kvar att önska, skulle man kunna säga, men både sättet och talet tillhör onekligen en gentleman. Därav har jag dragit slutsatsen – även om han envist vägrade presentera sig – att han måste vara en gammal bekant till er som det gått illa för i livet.

Under ett ögonblick kunde Nicholas inte annat än gapa av förvåning. – Och du släppte in honom? Herregud, karl! Har du blivit skvatt galen?

Nicholas var absolut ingen hårdhjärtad person och skulle villigt ha hjälpt en vän om behovet uppstod. Samtidigt vägrade han låta sig utnyttjas av någon lumpen person som han knappt kände.

– Vad i hela friden fick dig att släppa in honom? Den uslingen har säkert gett sig av för länge sedan. Utan tvekan också med mitt bästa silver i fickorna!

– Inte alls, sir. Det har han inte gjort, svarade Figgins utan att låta sig bringas ur fattningen. Jag kan också försäkra att jag aldrig skulle ha släppt in honom, och än mindre gett honom kvällsmat och lite vin, såvida det inte varit för det faktum att han informerade mig om att han hade nyheter om er bror.

– Åh, har han det? undrade Nicholas med ett skeptiskt tonfall. Nå väl, det är nog säkrast för honom att nyheterna är värda maten och drycken han redan satt i sig på min bekostnad, morrade han. Därefter gick han fram till salongen, öppnade dörren och stegade målmedvetet in i rummet för att få syn på den sjaskigt klädde personen som hade sjunkit ner i den bekvämaste fåtöljen i huset. – Om inte lär han snart få en sko i baken!

Ett lojt leende visade sig på besökarens välformade mun men ögonen förblev slutna när han svarade.

– Det var sannerligen ett oartigt välkomnande till någon du inte har sett på så många år, käre bror.

Nicholas tvärstannade och tappade än en gång hakan när besökaren slog upp ögonen och vigt reste sig upp från sin sittplats.

– Benedict? mumlade han och tog ett tveksamt steg framåt. Ben, det är verkligen du!

Figgins, som stod i dörröppningen, fylldes av en känsla av stolthet när han iakttog de två männen som varmt kramade om varandra. Det kändes betryggande att veta att hans instinkter inte hade svikit honom. Den mycket välkomne besökaren – som var lite längre än brodern och betydligt kraftigare – hade visat sig vara det han misstänkt från första början … en fin gentleman.

Han hostade lätt för att visa att han var kvar. – Vill ni att jag hämtar lite konjak, milord?

– Självklart, svarade Nicholas, fortfarande förvirrad över broderns oväntade uppdykande. Försäkra dig också om att du tar det finaste jag har, Figgins. Det här måste vi fira.

Efter det att tjänaren gett sig av skyndade sig Nicholas att tända fler ljus i salongen innan han till slut gjorde brodern sällskap vid eldstaden. Det var omöjligt för honom att kväva ett leende när han såg Benedict lägga mer ved på det som redan var en stor och flammande brasa. Tydligen var han inte längre van vid klimatet i England och det var sannerligen inte konstigt med tanke på hur många år han vistats utomlands. Detta var dock inte den mest påtagliga förändringen hos honom.

Ingen som såg honom skulle för ett endaste ögonblick ha trott att Benedict en gång hade betraktats som en dandy. Allra minst en som i klädesväg kunnat tävla med den ryktbare Beau Brummel. Nicholas hade mycket klara minnen av hur han vid ett flertal tillfällen betraktat brodern som suttit framför toalettbordet där han tålmodigt knutit kravatten – gång på gång och ända tills alla veck var perfekta.

Och här satt han nu … med en färggrann rödbrokig snusnäsduk om halsen. De långa benen var inneslutna i ett par grova hemvävda byxor och en lätt nersolkad, mycket skrynklig skjorta dolde den breda bröstkorgen. Åh, han såg inte stort bättre ut än en luffare med det gyllenbruna håret som nådde ner till axlarna. För att inte tala om att den flera dagar gamla skäggstubben sannerligen inte bidrog till att förbättra hans utseende.

– Att döma av din ogillande blick antar jag att mitt yttre inte direkt faller dig i smaken, påpekade Benedict, som tittat upp i tid för att hinna få syn på broderns rynkade panna.

– Milde tid, Ben! Du ser precis ut som en usel luffare.

– Jag är lättad över att den hårt arbetande själ som gav mig kläderna inte är närvarande, svarade Benedict torrt. Han skulle utan tvekan ha tagit väldigt illa vid sig. Den här skjortan var otvivelaktigt hans bästa, förstår du. Nå väl, det är inte helt med sanningen överensstämmande att han gav mig kläderna, rättade han sig. Jag bytte dem mot en uppsättning av mina egna och var också hjärtligt glad över att få den möjligheten! Jag var utled på mina egna paltor efter att ha tillbringat åtskilliga veckor till havs.

– Försöker du säga att du bytte dina kläder mot de här … förskräckliga trasorna? Nicholas hade klara problem med att tro på det han hörde. – Du måste tro att jag är en riktig dumbom ifall du tror att jag tänker köpa den förklaringen.

– Det är lika sant som jag sitter här, käre bror, försäkrade Benedict. Med undantag för att jag bara gav honom kläderna jag hade på kroppen. De var allt jag hade, förstår du. Piraterna hade berövat mig allt annat.

Än en gång kom Nicholas på sig med att gapa. – Piraterna? Vilka pirater?

– Dem som vi hade den stora oturen att stöta på två dagar efter det att vi satt segel från Port Royal. Benedict log när han fick syn på sin yngre brors avgjort skeptiska blick. – Att segla över Karibiska havet går inte att jämföra med att ta en båttur längs Themsen, käre gosse. Det är fortfarande en farlig plats. Många människor av olika nationaliteter som är på jakt undan lagens långa arm har sökt sig en fristad där. Det innebär att sjöröveri fortfarande är ganska vanligt.

– Vad var det egentligen som hände? manade Nicholas på honom och påminde i den stunden om en upphetsad skolpojke.

– Kaptenen på vårt skepp var en bra man med stort hjärta. Därav kom sig att han inte klarade av att strunta i det som föreföll vara ett skepp i nöd. Men knappt hade vi kommit nära de stackarna förrän änterhakar slungats över med anmärkningsvärd snabbhet och innan kaptenen och besättningen visste ordet av blev vi bordade av ett gäng banditer.

Kaptenen och sjömännen gjorde bra ifrån sig, och likaså några av passagerarna, och snart tvingade vi busarna att återvända till sitt eget skepp. Det skedde dock inte förrän de hade hunnit ta för sig av provianten ombord och flera andra värdesaker. Bland dem fanns min koffert som inte enbart innehöll mina kläder utan också alla värdeföremål jag ägde.

Där stod jag alltså och det enda jag hade kvar i min ägo var kläderna på kroppen. Som du kanske kan föreställa dig så hann jag bli ordentligt trött på dem innan vi hade lagt till i Liverpool. Därav kommer det sig att jag bytte ut dem mot de kläder jag bär i kväll.

Detta var något som Nicholas genast kunde förstå och han log lite. Sedan slogs han av nästa tanke.
– Hur i all världen lyckades du ta dig till London utan pengar? Säkerligen gick du inte hela vägen?

– Tack och lov blev det inte tvunget även om det knappast skulle ha varit mycket obekvämare än att resa med postdiligensen. Under min tid på Jamaica har jag hunnit vänja mig av med en hel del bekvämligheter men att sitta i ett ekipage som stinker svett, lök och ett otal andra obehagliga dofter var nästan mer än jag stod ut med.

Det plågade uttrycket i hans ansikte fick den yngre brodern att vrida sig av skratt.

– Du förstår, banditerna misslyckades nämligen med att hitta mitt fickur. Det lyckades jag till slut sälja för halva priset av dess värde. Till råga på allt är jag säker på att skurken som köpte det i Liverpool var övertygad om att det var stulet.

– Jag kan inte påstå att det förvånar mig, svarade Nicholas när han hade återfått fattningen. I det skick du befinner dig i skulle ingen kunna missta dig för en adelsman.

– Det stämmer inte riktigt, rättade Ben honom. Såvida jag inte misstar mig lyckades din aktningsvärde betjänt se genom förklädnaden. Han såg sig om när han hörde dörren öppnas och ansiktet lyste genast upp. – Och här är han nu … beväpnad med mer av den delikata äppelpajen, ser jag.

– Jag tänkte att ni kanske orkade med en tugga till, ers nåd, svarade Figgins och ställde ner brickan med mat och konjak på ett bord nära sin herres fåtölj. Är det något annat ni önskar, sir?

– Ja, det är nog bäst att du bäddar rent i gästrummet och letar reda på en av mina nattskjortor. I samma stund som Figgins hade lämnat rummet vände Nicholas uppmärksamheten mot brodern. – Det finns inte många tjänare kvar i huset på Grosvenor Square. Stället har inte använts sedan far dog.

Förgäves letade han efter ett ångerfullt uttryck i broderns stiliga ansikte. Det förvånade honom en aning med tanke på att han visste hur mycket Benedict hade älskat deras far.

– Han dog fridfullt i sömnen och behövde inte lida det minsta, försäkrade han.

– Det gläder mig, svarade Benedict mjukt. Därefter bytte han snabbt samtalsämne genom att fråga om deras syster.

– Åh, Connie är i god form. Hon har lagt på sig några kilon sedan du sist såg henne. Trots det är det bara vad man kan förvänta sig i hennes ålder, fortsatte han och ryckte på axlarna. Hon har utökat avkomman med tre stycken under den tid du har varit borta. Allt som allt har det hunnit bli fem rackare vid det här laget. Vilket i sig säger något om Lansdown, antar jag. Jag måste säga att jag respekterar vår käre svåger. Den stackars mannen måste vara i besittning av ett helgons tålamod för att stå ut med vår virriga syster.

Benedict, som villigt tackade ja till ytterligare en bit äppelpaj och ett glas konjak, kunde inte kväva ett leende. Utan tvekan hade Constance fortsatt att behandla Nicholas som en odygdig skolpojke under den tid han själv hade varit borta. Det skvallrade broderns tydliga och fullt förståeliga förtrytelse om.

– Jag har lagt märke till en stor förändring hos dig, Nick, framkastade han långsamt. Därefter tystnade han för att på nytt granska den moderiktiga klädseln. – Du har själv tagit dig för att börja klä dig som en dandy.

– Varför inte? Man måste trots allt klä sig, käre bror. Det plågade uttrycket i ansiktet återvände när hans uppmärksamhet än en gång fokuserades på den färggranna näsduken som var knuten om Benedicts hals. – Det var sannerligen tur att du beslöt dig för att komma raka vägen hit. Det vore inte bra om folk såg dig i det skick du är. Vi har trots allt vårt namn att tänka på, påpekade han och lät i den stunden som en riktig snobb. Vi stiger upp tidigt i morgon och besöker skräddaren … Eller kanske flera av dem.

Följande dag upptäckte Benedict att broderns idé om en tidig morgon inte överensstämde med hans. Ensam vid frukostbordet intog han en rejäl frukost bestående av skinka, ägg och bröd, och sköljde ner allt med flera koppar nybryggt kaffe. När han var klar, och även om han tagit god tid på sig, fanns det ännu inget som tydde på att Nicholas var beredd att lämna sitt bekväma sovrum.

Därför beslöt sig Benedict för att tillbringa lite tid med att utforska huvudstaden för att se vilka förändringar som hade skett under hans år utomlands.

När han klev ut på gatan upptäckte han att morgonen var både torr och klar. Den var också välsignat fri från den otäcka och kvävande dimma som ofta täckte staden till och med vid denna tid på året.

Hans långa smidiga steg förde honom snabbt till andra änden av gatan och vidare ut på den breda huvudgatan där stora horder människor var fullt upptagna med sina dagliga sysslor.

Det här var den del av staden han kände sig som mest hemma i. Söta flickor i vita förkläden och svarta bahytter i taft strosade längs de fina gatorna, medan ynglingar portionerade ut mjölk från de hinkar de bar på. Deras rop blandades med dem från andra försäljare som var ivriga att sälja sin varor.

Det var i dessa kvarter han lyckligt hade kastat bort sin tid, samt sina pengar, med att besöka vänner och ta del av de åtskilliga och nöjsamma glädjeämnen som staden hade att erbjuda varje ung gentleman som hade det gott ställt. Det var också det här han för fem år sedan hade blivit förbittrad över att tvingas lämna bakom sig.

Han mindes tydligt den bitterhet som hade vällt upp när fadern insisterat på att han skulle resa till Jamaica för att lära sig respektera pengars värde genom att sköta om familjens plantage. Deras avsked hade blivit otrevligt och syrliga kommentarer och ömsesidiga beskyllningar hade utväxlats.

Det hade inte gått många månader förrän Benedict hade börjat inse att faderns agerande varit fullt berättigat. Han kunde inte annat än vara tacksam över att alla de brev de utväxlat under åren hade präglats av kärlek och förståelse. Det enda han nu ångrade var att han inte hade hunnit återvända till England i tid för att träffa fadern en sista gång innan denne gick hädan.

Ändå hade åren på Jamaica förändrat honom totalt. Han var inte längre en självisk och lättfärdig nöjessökande fjant vars enda ambition på den tiden hade varit att uppträda vräkigt bland sina likar inom societeten. Inte längre en man som slösade stora summor pengar utan minsta tanke på vems hårda arbete som finansierade hans nöjen eller varifrån pengarna hade kommit. Äldre och förhoppningsvis också klokare trodde han sig nu kunna inta faderns plats och utföra sin plikter som familjens överhuvud på ett ansvarstagande och omtänksamt sätt. Snittet på en rock, det sätt på vilket en kravatt knöts och stövlar som man kunde spegla sig i var inte längre viktigt för honom.

Han suckade. Trots det antog han att det var nödvändigt att han lydde broderns råd och klädde sig som det passade hans ställning i livet innan han återvände till den eleganta världen. En som han, om sanningen skulle fram, inte hade någon lust att göra sitt intåg i.

Stanken från ruttnande avfall och andra sorters obehagliga odörer letade sig in i hans näsborrar och fick honom att granska sin närmaste omgivning. Utan att vara medveten om det hade han vandrat österut in till de delar av huvudstaden som de flesta ur hans samhällsklass aldrig hade besökt.

Här fanns inga fina residens, inga pojkar som sopade undan smutsen från gatan och inte heller några damer och gentlemän i finkläder som tog promenader. Det var inte undra på, tänkte han, och knöt upp snusnäsduken och använde den för att täcka över mun och näsa.

Luften var vidrig och otäck, förorenad av smuts och stekos som trängde ut från fullpackade kyffen. Halvsvultna barn, klädda i trasor eller inget alls, lekte i leran på gatan. Hur det skulle bli när vädret blev varmare ville han inte ens tänka på. Det var inte konstigt att fläcktyfus var vanligt förekommande i dessa ömkliga kvarter. För de fattiga stackare som bodde här var sjukdomar och svält en del av vardagen, ett livssätt, som det inte fanns stora hopp att undfly.

Även om han visste att det var höjden av dårskap att stanna kvar på dessa bullriga gator där brottsligheten var hög och syndigt leverne vanligt upptäckte han till sin förvåning att hans intresse hade väckts på allvar. Han blev i själva verket så uppslukad av de hjärtslitande scener som omgav honom att det inte var förrän vid lunchtid som han återvände till den rikare delen av staden.

När han klev in i broderns hus igen upptäckte han att Nicholas var långt ifrån belåten. – Var i helvete har du hållit hus? krävde han att få veta. Figgins berättade att du hade lämnat huset för flera timmar sedan.

– Det stämmer, höll Benedict med om när han gjorde brodern sällskap vid bordet och hällde upp en kopp kaffe till sig. Jag beslöt mig för att utforska staden på nytt medan jag väntade på att du skulle vakna till liv.

– Du måste ha lagt märke till en hel del förändringar, antar jag?

– Sanningen att säga lade jag knappt märke till kvarteren häromkring. Whitechapel, Bethnal Green, Shoreditch och Smithfield visade sig däremot vara intressanta.

– Herregud, Benedict! Nu började Nicholas på allvar undra om alla år under den tropiska solen hade haft en skadlig effekt på broderns mentala tillstånd. – Vad i all världen fick dig att gå till de platserna? De är ökända fristäder för allt slags avskum som går att hitta. Inte ens konstaplarna ger sig in där ensamma och då spelar det ingen roll om det så är mitt på blanka dagen. Plötsligt kom han att tänka på något och spärrade upp ögonen. – Milde tid! Du gav dig väl ändå inte iväg dit för att leta efter en kvinna?

Hertigen höjde ett ögonbryn. – Åh, högre tankar än

så måste du väl ändå ha om mig? Inte för att jag inte mottog flera erbjudanden, men jag avböjde dem alla. Jag har alldeles för stor respekt för min hälsa.

– Tacka gudarna för det! utbrast brodern och suckade högt av lättnad. Ändå förvånar det mig att du lyckades ta dig tillbaka oskadd.

– Utan tvekan berodde det på kläderna, framkastade brodern. De måste ha betraktat mig som en av sina egna och struntade därför i att överfalla mig.

Detta svar fick Nicholas tankar att återvända till det som för honom var det mest pressande problemet för stunden. Efter att skyndsamt ha ätit en lättare frukost ödslade han heller ingen mer tid på att vidta de första åtgärderna för att rätta till broderns fruktansvärda klädsel.

Det roade honom att se de förskräckta uttrycken hos de berömda skräddarna på Bond Street, när han med brodern i släptåg klev in i deras lokaler. Benedict föreföll inte heller ta illa vid sig av det föga entusiastiska mottagande han fick vart han än gick. Dessutom uppvisade han en föredömlig självkontroll när han drogs än åt det ena hållet än åt det andra och fick måtten tagna.

Nicholas upptäckte dock snart att det under den godlynta och fogliga ytan fanns en vilja av stål. Ingen kunde nämligen påverka Benedict att beställa rockar som var lika snäva som modet föreskrev eller fresta honom att välja något annat än de enklaste färger för sina kläder.

– Förbaskat dålig fantasi! Det måste jag säga, förebrådde Nicholas honom när de än en gång klev ut i solljuset. Gulsvartrandiga västar är högsta mode den här säsongen.

– Jag tvivlar inte på att du har rätt, bror. Samtidigt har jag inte för avsikt att gå omkring i staden och se ut som någon som tillbringar större delen av livet med att titta på blommor och bin.

Nicholas var precis på väg att komma med ytterligare en kommentar i fråga om broderns smak när han fick syn på en av sina vänner på andra sidan gatan. Skyndsamt slank han in i en portgång för att undvika faran.

– Jag tänker inte bära rockar som är så snäva att man inte kan andas eller byxor som hotar att spricka var gång man sätter sig.

Detta förkunnades av Benedict innan han insåg att han talade till tomma luften. Han såg sig om i ett försök att upptäcka vart brodern tagit vägen då han kolliderade med något mjukt, kurvigt och totalt kvinnligt som klev ut från Hookham's Library.

Det hela skedde så oväntat att Benedict var oförmögen att göra något. Flera böcker flög iväg från de små händerna som hållit i dem och hamnade omkring honom på trottoaren. Däremot lyckades han tack och lov rädda damen i fråga från att möta samma öde genom att hastigt slänga ut armen och lägga den om en mycket smal midja.

– Jag ber verkligen om ursäkt, bad han medan han inom sig svor över sin klumpighet. Han tänkte precis släppa taget när huvudet under den eleganta bahytten plötsligt höjdes.

Det dröjde ett bra tag innan Benedict förmådde sluta gapa som en kärlekskrank dåre när ett par underbara ögon, inramade av långa ögonfransar, fästes på honom. Det glittrade av okynne i de gröna djupen och de vackert formade läpparna drogs till det raraste leende han någonsin hade sett.

För en sak var säker. Han hade känt åtskilliga skönheter, men aldrig tidigare hade han blivit så trollbunden som nu av ett underbart ansikte och en perfekt kropp. Det var som om han hade blivit hypnotiserad, som om alla normala kroppsfunktioner hade upphört att fungera. Vyerna och ljuden omkring honom bleknade och det enda han var medveten om var kvinnan samt den starka lusten att aldrig släppa taget om henne.

Olyckligtvis valde Nicholas just den stunden för att kliva ut ur sitt tillfälliga gömställe. Han blev genast medveten om det intresse hans klumpiga bror väckte hos flera förbipasserande. Snabbt övertog han kontrollen över situationen genom att omilt stampa till över en grov känga.

– Stå inte bara där som ett fån! beordrade han, och struntade i den irriterade blick som mötte honom ur ett par manliga ögon. Hjälp i stället den här damens husa att plocka upp böckerna!

Mycket motvilligt gjorde Benedict som han blev ombedd och Nicholas ödslade ingen tid på att eskortera den unga damen i fråga till det väntande ekipaget.

– Jag kan inte be nog om ursäkt. Den klumpige idioten kunde ha gjort er mycket illa. Jag hoppas verkligen att ni inte blev skadad?

– Inte alls, sir, försäkrade hon, och blicken vandrade som hastigast över mot den långe mannen som precis lämnade över böckerna till hennes husa. Jag hoppas verkligen att ni låter bli att läxa upp er tjänare. Det som inträffade var lika mycket mitt fel som hans. Jag såg mig inte heller för där jag gick.

Ur ena ögonvrån såg Nicholas plötsligt att Benedict närmade sig. Utan att ödsla någon tid hjälpte han snabbt in den underbara damen i vagnen.

– Ni är alldeles för vänlig, madam, svarade han chevalereskt och klev åt sidan för att släppa in husan. Knappt hade hennes kjolar försvunnit in förrän han skyndade sig att stänga dörren.

– Varför i all världens namn presenterade du mig inte? frågade Benedict besviket när han kom fram i tid för att se vagnen börja rulla.

– Du menar väl ändå inte allvar! utbrast Nicholas, som än en gång fruktade att åren under den karibiska solen hade utkrävt sin tribut vad gällde broderns förstånd. Förväntade du dig verkligen att jag skulle presentera er för varandra? När jag har gjort allt i mänsklig makt för att hålla din identitet hemlig sedan vi lämnade huset. Det är möjligt att du inte känner någon stolthet över det namn du bär, käre bror, men det gör sannerligen jag. Trodde du verkligen att jag tänkte tillåta alla i London att se dig på det där viset? Jösses, de skulle tala om dig på klubbarna under många månader efteråt om din identitet någonsin blev känd!

Han gav tecken till en förbipasserande hyrvagn och skyndade sig att fösa in sin besvärlige bror innan denne kunde dra mer uppmärksamhet till sig.

– Jag förstår inte vad som har flugit i dig, Ben, fortsatte han. Du brukade vara så stolt över ditt yttre, men nu verkar du inte bry dig ett dugg om att du mer ser ut som en luffare än en hertig.

Eftersom Benedict för tillfället var betydligt mer intresserad av den ljuvliga bild han såg för sitt inre öga än av broderns tirader hade han knappt lyssnat på vad denne sa.

– Vem var hon? Känner du till det?

Nicholas gav brodern en otålig blick och undrade på nytt vad som kommit över honom. Ingen skulle ha trott att Ben hade lyckats avvärja ett anfall från pirater om ett par gröna ögon kunde fälla honom med en enda blick!

– Självklart känner jag henne, svarade han lite irriterat. Jag dansade med henne så sent som i går kväll. Det var lady Sophia Cleeve, earlen av Yardleys dotter. Han himlade med ögonen när broderns betagna uttryck inte förändrades. – Man skulle lätt få för sig att du aldrig har sett ett sött ansikte tidigare.

– Sött? Det var sannerligen en totalt opassande beskrivning! fnös Benedict. Flickan är utsökt.

Kommentaren fick Nicholas att tänka efter en stund. – Tycke och smak skiljer sig, antar jag. Några anser henne säkerligen vara en skönhet men å andra sidan är det blondiner som är populärast den här säsongen.

Brodern föreföll dock inte det minsta imponerad. Tydligen var ljust hår inte i hans smak.

– Ser man på! Den lilla flicksnärtan förefaller ha gjort dig helt betagen, anmärkte Nicholas, som nu verkade ha glömt bort hur olycksaligt han till en början hade tyckt att mötet med earlens dotter var. Det börjar i och för sig bli tid för dig att knyta äktenskapets band, men vill du ha ett råd skulle jag föreslå att du ser dig om på annat håll efter en hustru.

En hjärtslitande tanke gick upp för Benedict. – Hon är väl ändå inte gift, är hon det? Eller trolovad?

– Nej, och lär knappast bli det heller.

– Hur så? Vad menar du?

– Hon verkar inte intresserad av äktenskap – åtminstone inte med någon ur vår samhällsklass. Om det hon berättade för mig är sant föredrar hon en stalldrängs sällskap framför en hertigs.

– Åh! Hon måste ha retats med dig, fnös Benedict, som i den stunden var benägen att tro att brodern måste vara mycket lättlurad.

– Kanske det, svarade Nicholas. Jag upprepar enbart det hon berättade för mig i går kväll. Dessutom har hon så såvitt jag känner till mottagit fyra giftermålsanbud sedan hon anlänt till London och hon har avfärdat dem alla. Det i sin tur kan tyda på hon inte längtar efter en make och än mindre en titel. Nicholas frustade plötsligt till av skratt. – Jösses, du skulle bara veta! Hon visade dig mer uppmärksamhet där ute på gatan för en stund sedan än hon riktar mot medlemmar ur sin egen klass.

Tydligen uppskattade brodern inte skämtet. Han satt helt tyst och stirrade ut genom fönstret.

– Fundera inte mer på henne, rådde Nicholas honom. Det kommer att finnas gott om andra söta flickor när säsongen väl kommer i gång på allvar.

– Jag törs nästan slå vad om att du har rätt, mumlade Benedict, med en beslutsam blick i de blå ögonen. Ändå är det lady Sophia Cleeve jag ämnar lära känna bättre. Därför är det kanske bäst att jag uppträder inkognito under ett tag till.

– Hur i all världen skulle det gynna dig? frågade den förbryllade Nicholas.

Benedict vände blicken mot sin bror. – Du sa själv att hon föredrar drängars sällskap … Och är det något jag är duktig på så är det att jobba i ett stall!

Tredje kapitlet

Earlen av Yardley var i grund och botten en vanemänniska och vistelsen i huvudstaden hade inte i någon större grad ändrat hans rutiner. Som en följd därav visste Cardew var hans herre mest troligast gick att finna vid denna tid på dagen.

När han klev in i biblioteket såg han att lorden mycket riktigt satt vid sitt skrivbord, upptagen med att gå igenom veckans korrespondens.

– Jag ber om ursäkt för att jag tvingas störa er, sir, började han när earlen slutade läsa det brev han höll i och höjde ett frågande ögonbryn. Men stallförmannen är här och önskar utbyta några ord med er.

Liksom alla andra tjänare i earlens hushåll högaktade Cardew sin herre. Under de tjugo år som han hade varit anställd som butler hos familjen Cleeve kunde han inte erinra sig ett endaste tillfälle när earlen hade varit för upptagen för att prata med någon av sina anställda. Därför visste han också nu vilket svaret skulle bli redan innan det kom.

– Självklart. Du kan skicka in honom på en gång, svarade earlen av Yardley.

Säker på att hans lojalaste tjänare inte skulle be om ett samtal i fråga om något banalt lade earlen undan breven för att ge besökaren sin odelade uppmärksamhet. En liten stund senare tittade han upp när mannen klev in med mössan i ena handen. Denne såg mycket besvärad ut – vilket han alltid gjorde när han befann sig i en elegant omgivning. Trapp var aldrig glad över att tvingas lämna stallet under en längre tid. Hästarna var hela hans liv och lorden misstänkte att mannen vida föredrog deras sällskap än människors.

– Kom in, kom in, Trapp, beordrade han när stallförmannen, som varit med honom för alla de där åren sedan i Indien, fortsatte att tveka vid dörren. Vad kan jag göra för dig?

– Jag är här å unge Clems vägnar, sir.

Mannen rörde sig tveksamt fram mot skrivbordet. I den stunden varken lät han eller såg ut som stallets okrönte herre, vars ord var lag och vars bistra befallningar höll de yngsta stallpojkarna i ett tillstånd av ständig skräck.

– Nu är det på det viset att Clem har blivit erbjuden en anställning som stallförman på en stor egendom söderut, sir. Jag måste erkänna att jag inte vill förlora honom. Han är en bra pojke och har varit hos oss under flera år. Samtidigt går det inte att förneka att det här är ett ordentligt steg uppåt i världen för honom. Det väderbitna ansiktet rynkades i något som förmodligen skulle föreställa ett leende men mer påminde om en grimas. – Jag är ännu inte beredd att sluta på grund av ålder och därför kan jag inte heller klandra Clem om han inte är villig att hålla sig i närheten fram till den dagen när det sker.

Lorden nickade för att visa att hans egen syn på saken överensstämde med den andres. – Har du någon aning om vem det är som har gett honom det här fina erbjudandet, Trapp?

– Tyvärr inte, sir. Sanningen att säga vet jag inte om Clem heller känner till det. Och om han gör det så har han i alla fall inte sagt något. Av det jag förstått var det någon som kom fram till honom när han var på The Red Lion för ett par kvällar sedan. Den mannen sa att om han ville ha posten var han tvungen att bestämma sig så gott som omedelbart. Han fick tid till i kväll för att lämna sitt svar.

Earlens silvergrå ögonbryn möttes ovanför näsr ten och avslöjade klart och tydligt hans ogillar Enligt hans åsikt var det helt oacceptabelt att g väga på ett sådant lömskt sätt när man skaffade sig anställda. Jösses, det föll nästan in i samma kategori som tjuvjakt! Trots det kunde han samtidigt förstå unge Clems önskan att förbättra sin ställning i världen. Därför vore det i sin tur småsint av honom att vägra släppa iväg stalldrängen enbart för att han och Trapp skulle få problem med att hitta en lämplig ersättare.

– Om Clem önskar lämna oss måste vi acceptera situationen med bibehållen fattning, svarade han till slut. Däremot lär det dröja ett tag innan vi hittar någon som kan fylla hans plats. Jag ska genast skicka bud om att någon av pojkarna från Jaffrey House kommer hit.

– Det finns kanske inget behov av det, förvånade Trapp sin herre med att förkunna. Lyckan verkar vara på vår sida, för i morse kom en karl invandrande på stallbacken i jakt på arbete. Enligt vad han säger har han bott utomlands under flera år. Han är mycket solbränd så jag tvivlar inte på sanningshalten i det. Han återvände hit efter det att hans gamle herre dog, berättade han.

Lorden blev dock inte det minsta entusiastisk. – Vet du vem som var hans senaste arbetsgivare? Har han några referenser att visa upp?

– Nej, sir. Det verkar ha uppstått lite problem under båtresan hem. Han sa att han hade förlorat alla sina tillhörigheter.

– Mm. Earlen av Yardleys ögonbryn möttes på nytt ovanför den tunna aristokratiska näsan. – Du vet vad jag tycker om sådant här, Trapp. Jag har aldrig haft någon större lust att anställa människor som inte kan visa upp några referenser … speciellt inte när det är tal om främlingar.

– Ja, sir. Det känner jag till. Stallförmannen höjde handen för att klia sig i det gråsprängda håret. Den gesten gjorde han alltid, sig själv ovetandes, var gång han ställdes inför ett kinkigt problem. – I vanliga fall har jag exakt samma åsikt. Ändå måste jag säga att den här mannen har mycket god hand med djur. Nu råkade det vara så att miss Sophias ungsto var ganska ostyrigt i samma stund som den här mannen kom vandrande. Han lugnade ner henne på nolltid – det gjorde han sannerligen.

Jag tycker att djur har betydligt större förstånd än de flesta människor. Och det är som jag säger … Om en häst tycker om en prick så kan han inte vara så tokig.

Det fanns kanske mer än ett korn av sanning i den enkla filosofin, tänkte lorden, medan han funderade på förslaget.

– Som du vill, Trapp, sa han till slut. Om du är villig att ge den här främlingen en chans så räcker det för mig. Visar det sig sedan att han är olämplig kan jag alltid låta skicka efter någon från Jaffrey House.

Även om lorden hade gett sig godkännande till synes utan större förbehåll var han dock inte helt belåten med denna oväntade händelseutveckling. Var då allt enbart tillfälligheter? undrade han när han såg sin tjänare lämna rummet. Nog verkade det väl ändå lite konstigt? Så fort som hans stalldräng hade erbjudits en ny anställning dök en annan man upp och letade efter jobb.

Ett litet leende lekte på hans tunna läppar. Eller så var det kanske bara åldern som gjorde honom cynisk, tänkte han. Det fick honom i sin tur att börja grubbla på något annat som hade förbryllat honom de senaste dagarna.

Hur kom det sig att ingen ung gentleman hade visat något intresse för hans dotter på sistone? För ända sedan den kväll de hade hållit balen hade han inte mottagit ett enda erbjudande, vare sig muntligt eller skriftligt, gällande Sophias hand. Nu var han inte så dum att han trodde att det var troligt att giftermålsanbud skulle ramla in varje vecka under deras vistelse i staden. Inte var han heller en sådan kärleksfull far att han för ett ögonblick inbillade sig att hans dotter – oavsett hur ljuvlig hon var – föll varje man i smaken.

Det gick inte att förneka att Sophia kunde vara nog så besvärlig ibland och den gentleman som hoppades på ett lugnt liv skulle onekligen göra sig en otjänst

på det han hört en liten stund tidigare. Sophias modstulna uttryck när han berättade att Clem skulle sluta förvånade honom inte det minsta.

– Det gör mig verkligen ledsen att höra, pappa! Jag har alltid föredragit att ha Clem i sällskap när jag varit ute och ridit. Hon gled ner från skrivbordet, gick fram till dörren men vände sig om när en fasansfull tanke slog henne. – Det här innebär väl inte att jag tvingas ta med mig Trapp under resten av den tid vi vistas här? Jag kan inte göra minsta lilla utan att han berättar allt för dig när vi kommer hem.

– Ja, vore det inte perfekt om alla gjorde det? retades lorden okynnigt och skrattade sedan hjärtligt när Sophia högdraget knyckte på nacken för att sedan majestätiskt svepa ut ur rummet.

Nej, det vore sannerligen inte dåligt om någon höll ett öga på den där lilla teaterapan, tänkte han, innan han övergick till att planera allt han måste göra under de kommande veckorna.

Även om earlen kunde skatta sig lycklig över sin goda hälsa var han tvungen att acceptera att han inte längre var en ung man. Långt innan de hade gett sig av för att besöka staden hade han beslutat sig för att han skulle lämna tillsynen över sitt mest prövande barn i makans kapabla händer. Även om han själv redan hade anpassat sig rätt bra till de tider som hölls i storstaden var han mycket medveten om att han inte längre hade den uthållighet, inte lust heller för den delen, att kasta sig huvudstupa ut i sällskapslivet.

Trots det skulle det inte skada om han då och då gjorde hustrun och dottern sällskap under en kväll, sa han sig. Hans närvaro skulle säkerligen bidra till att dottern uppförde sig som hon borde.

På tal om det borde han förmodligen prata med Trapp också. Det var viktigt att stallförmannen gjorde klart för den nye stalldrängen att han vid alla tillfällen när han eskorterade Sophia måste hålla ett uppmärksamt öga på henne. Och kände han dottern rätt, och såvida vädret höll i sig, skulle hon säkerligen börja rida dagligen när den nya dräkten var klar.

Även om Sophia inte hade sagt många ord när hon hörde talas om Clems önskan att ge sig av hade hon ändå blivit mycket upprörd över den oväntade nyheten. Clem hade varit hennes personlige stalldräng under mer än tio års tid. Alltid vaksam, även om han samtidigt tillät henne fria tyglar, hade han visat sig vara den perfekte livvakten och följeslagaren under de oräkneliga ritter de hade tagit över earlens marker i Northamptonshire. Hon tvivlade inte det minsta på att några hade ansett att hennes sätt mot den unge stalldrängen varit för otvunget, men Sophia hade betraktat Clem mer som en vän än som en tjänare. Nu tyckte hon följaktligen att det skulle bli mycket svårt att ersätta honom.

Som en följd av detta var humöret därför inte det allra bästa när hon klev in i den berömda sömmerskans lokaler på Bond Street. Hennes tankar hade sökt sig tillbaka i tiden och hon tänkte på alla de gånger när hon och hennes pålitlige följeslagare hade utforskat de mest avlägsna områdena på landsbygden. Det innebar att hon knappt lade märke till de andra kunderna som satt i de lyxiga sammetsstolarna. Inte heller var hon medveten om att det inte var någon mindre än den mycket eftersökta sömmerskan som hade eskorterat henne till provrummet förrän hon hörde den mjuka rösten intill sig.

– Är ni inte belåten med er nya riddräkt, mademoiselle? Eller är det kanske något annat som gör er olycklig i dag?

Sophia tvingade tillbaka tankarna till nuet och fick lite av en chock när hon såg hur intensivt kvinnan betraktade henne – de vackra blå ögonen var öppet värderande.

– Åh, madam! Nej, riddräkten är perfekt.

– Inte riktigt, svarade sömmerskan, som med van blick precis hade lagt märke till ett litet fel. Vi måste ändra kjolarna en aning. Jag hoppas att ni kommer att se lite lyckligare ut när ni bär den, *petite*, annars lär mitt rykte fara all världens väg, inte sant?

Den berömda modisten hade alltså sinne för humor? tänkte Sophia som omedelbart hade lagt märke till det okynniga glittret i kvinnans ögon. Sömmerskan var förmodligen mer road än tacksam över sin snabba upphöjelse till berömmelse och Sophia kände sig plötsligt dragen till denna kvinna som förmodligen inte var så mycket äldre än hon själv.

– Jag försäkrar, madam, att riddräkten är helt i mitt tycke, sa hon och var noga med att inte trampa på de mjuka sammetsvecken när hon klev ur kjolen. Det är bara det att jag i morse mottog några tråkiga nyheter. Någon som har jobbat för min familj under många år ska lämna oss.

Leendet på sömmerskans fylliga läppar föreföll vara både varmt och förstående. – Jag tror att den person som lämnar er är något mer än bara en tjänare, eller hur?

Sophia nickade. – Mer av en vän.

– Kan ni då inte övertala honom att stanna? föreslog kvinnan när hon hjälpte Sophia att ta på sig promenadklänningen och den matchande kappan. Även de plaggen hade hon sytt upp till earlens dotter och det för mindre än en vecka sedan.

– Jag har bestämt mig för att inte göra det, förklarade hon och såg plötsligt madam Félices förvånade blick i den ovala spegeln. Han har varit min personlige stalldräng under många år och jag tror att han har varit lycklig i sin anställning, men nu har han chansen att stiga i graderna. Han har blivit erbjuden en post som stallförman på en egendom ute på landet … jag vet däremot inte vilken det rör sig om. Hon gjorde en uppgiven gest med de smala händerna. – Med tanke på det vore det otroligt själviskt av mig att försöka hindra honom från att ge sig av.

Uttrycket i sömmerskans ögon var nu omöjligt att tolka, men Sophia tyckte sig ändå se en antydan till respekt i de blå djupen.

– Jag är rätt säker på att ni inte kommer att få några svårigheter att hitta en ersättare, svarade den unga kvinnan mjukt när hon höll undan draperiet för att låta Sophia gå in i det eleganta väntrummet.

– Där ser man, retades modern när de hade lämnat lokalen och sjunkit ner på dynorna inne i vagnen för den korta resan tillbaka till Berkeley Square. Du blev verkligen hedrad i dag. Lady Strattan blev grön av avundsjuka när madam Félice valde att erbjuda dig sin odelade uppmärksamhet. Hur känner du dig nu när du har överglänst en sådan ledande värdinna i societeten som markisinnan av Strattan utan tvekan är? Åh, den stackars kvinnan lär aldrig mer gå med högburet huvud bland andra igen.

– Du vet mycket väl att jag finner sådant vara oviktigt, sa Sophia, men kunde ändå inte låta bli att skrocka över moderns lite elaka sinne för humor. Jag skulle ha varit precis lika nöjd om någon av hennes assistenter hade hjälpt mig.

Å andra sidan måste jag erkänna att jag fann den högt prisade kvinnan mycket fascinerande, tillade hon när hon satte sig bättre till rätta på sätet. Hon är långt ifrån lika gammal som jag hade föreställt mig. Jag tror i själva verket inte att hon är många år äldre än jag själv. Dessutom är hon mycket söt, även om hon gör sitt bästa för att dölja det genom att bära enkla klänningar och gömma håret under en hätta.

– Det är möjligt att hon fortfarande har sorg, min kära, framkastade modern fundersamt. Jag tror bestämt att någon nämnde att hon är änka.

– Det är möjligt, tyckte Sophia men hon var ännu inte övertygad. Det skulle däremot inte förvåna mig det minsta om vi fick reda på att hon aldrig har varit gift över huvud taget. Hon skulle inte vara den första kvinna som ville omge sig med den status som gifta har. Vår egen hushållerska gjorde exakt detsamma.

– Det stämmer, höll modern med om. Förmodligen tror lite högre stående tjänare att de anses vara mer respektabla om de antar rollen av en gift kvinna.

– På samma sätt som sömmerskor tror att de genom att låtsas vara fransyskor kommer att ha större framgångar.

– Försöker du antyda att du misstänker att madam Félice inte är fransyska, min kära?

Sophia rynkade pannan medan hon tänkte på det.

– Jag är inte säker – trots att hennes sätt att bryta på det språket lät äkta.

– Nå väl, du beviljades sannerligen gott om möjligheter att bilda dig en åsikt om henne. Ni var borta ett bra tag, påpekade modern. Jag hoppas att det inte är alltför många ändringar som behövs på din nya riddräkt.

– Nej, det var bara tal om en mindre ändring på kjolen. Madam Félice lovade att den skulle levereras till i övermorgon.

– Det måste glädja dig. Jag vet att du har saknat dina ridturer under den tid vi har bott i London.

– Ändå har tanken på att göra det plötsligt förlorat sin tjusning, tvekade Sophia inte att säga eftersom hon förstod att modern inte kunde ha hört nyheten. Clem ska lämna oss. Det innebär givetvis att jag blir tvungen att uthärda Trapps närvaro ända tills vi hittar en ersättare. Som vi båda vet är Trapp osvikligt lojal mot familjens överhuvud. Det innebär att han kommer att få reda på minsta lilla jag säger eller gör.

Earlens maka kunde inte dölja sitt leende när hon hörde dotterns misslynta tonfall och tvingades för en stund vända huvudet åt sidan för att låtsas se ut genom fönstret.

På samma sätt som sin make hade hon inte varit sen att upptäcka att det var färre trevliga gentlemän än tidigare som kom på besök. Å andra sidan kunde hon knappast säga att det kom som någon större förvåning. Inte minst för att hon var rätt säker på vem som låg bakom de löjliga rykten som hade cirkulerat den kvällen de höll sin bal. Tack och lov hade hon också märkt att de höll på att dö ut en naturlig död nu.

Earlens maka hade inte heller varit sen att under de följande dagarna upptäcka att dotterns val av danspartners hade genomgått en stor förändring. Det fanns fortfarande några få till äktenskap lediga gentlemän bland de gynnade, men hon misstänkte starkt att just de männen inte var beredda att byta ut ungkarlslivet mot den äktenskapliga lyckan.

Mer road än irriterad över denna ganska barnsliga taktik hade hon beslutat sig för att hålla tyst och inte ställa dottern till svars över dennas åtgärder att hålla lämpliga gentlemän på avstånd.

– Min kära, jag är säker på att du aldrig skulle säga eller göra något som skulle reta din käre pappa, kunde hon dock inte motstå lusten att säga.

Där gick också gränsen och hon hade fullt upp för att inte visa hur nära det var att hon började skratta.

Tre dagar senare skickades ett meddelande till stallet i vilket Trapp informerades om att lady Sophia ville att hennes häst skulle sadlas och tas ut på stallbacken.

Stallförmannen mottog denna nyhet med blandade känslor. Å ena sidan gladde det honom att damens ystra ungsto äntligen skulle få lite motion – hon var betydligt lättare att handskas med om hon hade fått springa av sig lite av leklystnaden. Å andra sidan kändes det inte bra att anförtro uppsynen av earlens enda dotter till en man som praktiskt taget var en främling.

Han rynkade pannan när han stirrade på den breda och raka ryggen hos den nye drängen som precis var upptagen med att rykta en av lordens fina vagnshästar. Än en gång undrade han vad han skulle tro om master Benjamin Rudgely.

Trapp själv skulle ha varit den förste att erkänna att han kunde vara en hård lärare som var snabb att förebrå och långsam att prisa någon. Problemet var bara att han inte kunde hitta några fel på sin nye stalldräng. Master Rudgely hade visat sig vara häpnadsväckande flitig och hade aldrig slarvat med något för att bli färdig med dagens sysslor så fort som möjligt för att kunna sluta tidigare. Hans handlag med hästarna var en fröjd att beskåda och han körde lordens vagnar med obesvärad lätthet. Han kunde inte heller hitta något att klaga på vad gällde den yngre mannens personliga vanor – och det hade kommit som något av en lättnad eftersom de delade rum ovanför stallet. Av den anledningen förstod Trapp inte riktigt varför han fortfarande kände sig lite misstänksam mot unge Ben.

Han kliade sig i det gråsprängda håret och undrade om han kanske inte var lite för cynisk och för misstänksam mot sina medmänniskor. Fram till dess att den nye stalldrängen gjorde något som visade att det inte gick att lita på honom borde han själv hellre fria än fälla.

– Du kan sluta upp med vad du än gör, grabben, och sadla lady Sophias ungsto. Unga fröken vill rida nu på morgonen, tillkännagav han, och lade inte märke till ett par blå ögon som plötsligt lyste upp av glad förväntan. Det i sig var kanske lika så bra för hade han sett det skulle han förmodligen ha dragit sig för att tillåta den stilige drängen att eskortera den unga damen på hennes ridtur.

– Nu vill jag att du lyssnar på det jag har att säga, fortsatte han, och slog sig ner på en av pallarna, medan han grunnade över hur han bäst skulle ta upp ämnet om unga frökens ibland lite oberäkneliga beteende. Jag vill att du ska ta väl hand om henne, förstår du. Var vänlig men håll henne i strama tyglar. Lorden är mycket förtjust i henne och han skulle inte bli glad om det hände något. Därför måste du hela tiden hålla ett vaksamt öga på henne, förstått? Hon kan vara ganska halsstarrig ibland.

Det ryckte misstänksamt i den unge mannens ena mungipa. – Det vet jag, mr Trapp. Jag har tampats med henne vid ett flertal tillfällen under de tre dagar som jag har varit här.

– Ursäkta? Stallförmannen blev till en början förskräckt men sedan förstod han vad den andre menade. – Jag talar inte om ungstoet, ditt dumhuvud! snäste han irriterat. Det har jag väl sett att du inte har några problem med att handskas med henne. Det är miss Sophia som kan ställa till med problem om hon råkar vara på besvärligt humör.

Anblicken av de breda axlarna som skakade av undertryckt skratt gjorde sannerligen inga underverk för Trapps sinnesro och än en gång övermannades han av tvivel.

– Om du inte tror att du klarar av det, så ser jag helst att du säger det nu så rider jag själv ut med lady Sophia.

– Åh, jag klarar av det, blev det raska svaret. Jag har fått viss erfarenhet av att tampas med besvärliga kvinnor under mina dagar.

– Det tvivlar jag inte på, muttrade den äldre mannen, när ytterligare en oroande tanke plötsligt slog honom. Han tittade upp och lät blicken glida över stalldrängens stiliga ansikte under skägget. – Glöm bara inte bort din ringa ställning, pojke, så att du får några dåraktiga tankar i huvudet. Miss Sophia är en dam och det är säkrast för dig att du inte glömmer det.

Det uppstod en kort paus innan mannen svarade. – Jag ger er mitt hedersord på att jag inte ska få några idéer som inte passar min ställning, mr Trapp. Jag ska behandla lady Sophia på samma sätt som om hon vore ... min egen syster var gång jag eskorterar henne på en ridtur.

– Åh, det tänker du, minsann? Stallförmannen var inte helt övertygad och avslöjade detta faktum genom att misstänksamt rynka på pannan. – Jag kan inte erinra mig att du någonsin har nämnt en syster.

– Förmodligen inte, men trots det har jag i alla fall en. Sanningen att säga har jag en bror också. Jag bodde hos honom här i London innan jag kom hit.

– Det är en sak som slår mig, unge Ben. Du pratar sällan om dig själv och det finns en hel del jag inte känner till. Stallförmannen plirade mot mannen. – Hur kommer det sig att du plötsligt fick för dig att lämna Jamaica och återvända hit?

Svaret lät inte vänta på sig. – Jag hade varit där i fem års tid och hade fått nog. Hemlängtan kan man kanske kalla det för. Sir Simon Fellows kan bekräfta det jag har berättat för er. Vill ni kan jag alltid skriva till honom och be honom skicka referenser till milord.

– Åh, du kan alltså skriva och läsa också? svarade Trapp, som dök ner på detta häpnadsväckande avslöjande samtidigt som han stuvade in namnet Fellows i minnet. Det kunde vara bra ifall lorden vid något tillfälle i framtiden fick för sig att bekräfta Rudgelys meriter. – Törs man fråga hur det kommer sig?

Inte heller den här gången lät svaret sig dröja. – Min ... öh ... gamle herre ville att jag skulle lära mig det.

Underligt nog förvånade detta inte Trapp, för det hade inte varit någon annan än earlen som under åren i Indien hade lärt honom läsa och skriva. Någonting annat slog honom dock som konstigt och han dröjde inte med att påtala det.

– Och jag antar att det var din gamle herre som lärde dig att tala som en fin man.

Än en gång ryckte det misstänksamt i mungiporna på Ben. – Jag måste tacka er för komplimangen, mr Trapp, även om jag själv tvivlar på att jag talar fint. Däremot tolererade min gamle herre inga svordomar när det fanns kvinnfolk i närheten, så jag tror att jag lade mig av med ovanan att använda fula ord.

– Nå väl, det är inte så tokigt, kunde stallförmannen ärligt hålla med om. Du måste nämligen vakta din tunga när miss Sophia är i närheten. Hon har olaten att lägga ord som hon aldrig borde ha fått höra på minnet. Som nu Trapp kände sig lite lättare till sinnes efter det korta samtalet reste han sig. – Nå väl, vi kan inte stå här och babbla hela dagen. Det är bäst du skyndar dig och sadlar hästarna. Annars kommer din unga härskarinna att tvingas vänta på dig.

Den nye stalldrängen var inte sen att lyda den bryska befallningen och hade precis anlänt till främre delen av huset med ridhästarna när dörren slogs upp på vid gavel. Ett par sekunder senare kom Sophia trippande nerför trappan – enbart för att tvärstanna medan ett uttryck av häpnad spred sig över hennes ljuvliga ansikte.

– Milde tid! utbrast hon utan att bemöda sig om att dölja det faktum att hon genast känt igen honom. Det är alltså ni som är min nye stalldräng!

Fjärde kapitlet

För andra gången i sitt liv upplevde Benedict Risely, den sjunde hertigen av Sharnbrook, en underlig bitterljuv längtan. Den bestod av en berusande blandning av ömhet och åtrå och började någonstans i trakten av hans lår för att sedan snabbt sprida sig genom kroppen. Pulsen skenade iväg och han kände sig lite yr. Han ville inget hellre än att ta henne i sina armar och vidare ner i sin bädd där han kunde börja tillfredsställa denna starka och mustiga längtan.

Det enda som stod honom till buds var dock bara att nudda vid den stora och missformade hatten i en artig hälsning samt kupa händerna och hjälpa henne upp i sadeln.

När han satt på sin häst och började följa efter på diskret avstånd ifrågasatte han än en gång klokheten av sitt agerande. Vilken galenskap hade kommit över honom för att han ens skulle överväga att inlåta sig på en sådan här absurd charad? I rollen som stalldräng skulle hans kontakt med denna ljuvliga unga varelse, som hade fångat hans intresse på ett sätt som ingen annan kvinna hade lyckats göra tidigare, bli frustrerande sällsynt. Hade han tur skulle det enbart röra sig om en timme om dagen.

Trots det, och under förutsättning att det hans bror Nicholas hade berättat för honom stämde, tvivlade han på att hertigen av Sharnbrook skulle ha varit i en bättre position för att vinna hennes tillgivenhet. På det här viset tilläts han åtminstone lära känna henne lite bättre utan någon inblandning från familj och vänner, beslutade han sig för. Nu hade han möjligheten att försäkra sig om huruvida det han hade upplevt under det minnesvärda ögonblicket på Bond Street, och än en gång just nu, var något mer meningsfullt än enbart en fysisk attraktion som utan tvekan skulle blekna allt eftersom tiden gick.

Under den långsamma och tråkiga sjöresan hem hade han haft gott om tid att noggrant tänka igenom vilken slags kvinna han önskade gifta sig med. Lyckligtvis saknade familjen Risely inte pengar utan kunde kanske räknas in bland de mest välbärgade i landet.

Därav följde att han inte var tvungen att gifta sig med en arvtagerska. Familjen skulle givetvis förvänta sig att han gifte sig med en kvinna av oklanderlig börd … någon som visste vad som förväntades av henne i rollen som hertiginnan av Sharnbrook och som kunde ge honom söner som bar familjenamnet vidare.

Han å andra sidan letade efter något mer än ett högklassigt avelssto i den kvinna han en dag gifte sig med. Han ville att hans hertiginna skulle vara en hjälpreda och vän, någon som kunde dela hans sorger och glädjeämnen, och inte enbart en vacker prydnad som hedrade fäderneshemmet. Var det möjligt att lady Sophia Cleeve skulle visa sig bli den perfekta följeslagerskan? Idealkvinnan som han fruktat att han aldrig skulle ha turen att finna?

Föremålet för hans tankar sneglade precis över axeln och höjde sedan en späd hand och gav honom en högmodig vinkning.

– Kom närmare, beordrade hon och lyckades med konststycket att få befallningen att låta som en rar inbjudan. Kom och rid intill mig. Jag vill prata med dig.

Benedict behövde ingen andra tillsägelse. I en handvändning hade han ridit i kapp henne. Han kunde inte låta bli att notera hur strålande hon såg ut i den strikta buteljgröna riddräkten som pryddes av en kaskad med spetsar runt halsen.

Än en gång undrade han om han kanske enbart var en förälskad dåre som låtit sig trollbindas av ett ljuvligt ansikte.

– Vad heter du?

– Ben, milady. Benjamin Rudgely, svarade han och upprepade det namn som hans rådige yngre bror hade hittat på för rollen.

– Och hur kommer det sig att du sökte anställning hos min familj, Benjamin Rudgely? undrade hon. Den här gången fanns den en antydan av något som föreföll vara misstänkt likt ett ogillande i den trevliga rösten. – Säkerligen kastade lord Nicholas Risely inte ut dig på grund av den lilla incidenten på Bond Street för några dagar sedan?

Benedicts hjärna arbetade snabbt. Utan tvekan antog hon att han hade varit Nicholas tjänare. Åh, hans oförbätterlige lillebror skulle sannerligen få sig ett gott skratt om han någonsin fick reda på det!

– Lord Nicholas vem? frågade han med ett förbryllat uttryck som kunde ha hedrat en skådespelare på Drury Lane.

– Åh, nu förstår jag! Han råkade bara komma förbi, eller hur? svarade Sophia. Hon kunde inte vara annat än glad över att ha fått klarhet i det. Stackars lord Nicholas hade nämligen varit på väg att göra en djupdykning vad gällde hennes uppskattning. Och det på grund av något som inte ens var hans fel! Hennes okynniga leende bleknade när något annat och lika förbryllande gick upp för henne. – Hur kommer det sig egentligen att du så snabbt fick höra att vi skulle behöva en stalldräng?

När Benedict hade planerat allt i förväg hade han beslutat sig för att ju närmare sanningen han höll sig när han blev utfrågad desto lättare skulle det bli för honom att vara övertygande i sin roll. Det hade inte varit någon större sak att övertala broderns allt-i-allo att ta kontakt med earlens stalldräng och för att stämma ett nytt möte med honom kvällen därpå.

– Jag råkade sitta med ett stop öl på ett värdshus här i närheten när jag av en tillfällighet hörde ett samtal som pågick vid bordet intill. Det var er gamle stalldräng och en annan man. Han kunde känna hur de gröna ögonen betraktade honom även om han själv fortsatte att titta rakt fram. – Ni förstår, milady, att det är först nyligen jag har återvänt till det här landet och jag har varit på jakt efter en anställning. Därför tyckte jag att det inte kunde skada om jag drog fördel av situationen och hörde mig för i er fars stall – ifall nu mannen i fråga hade accepterat det erbjudande han fick den kvällen.

Även detta föreföll hon acceptera utan att bli misstänksam. – Du har alltså varit utomlands, Ben, fortsatte hon efter en liten stund. Vad fick dig att återvända?

– Min gamle herres död, milady. På den punkten kunde han också vara helt sanningsenlig, oavsett hur konstigt det än kändes att prata om fadern under den benämningen. Han ryckte på axlarna. – Dessutom hade jag redan varit på Jamaica i fem års tid och var angelägen om att få träffa min familj igen.

– Och bor din familj här i London?

– Min bror gör det, svarade Benedict, fortfarande fast besluten att inte ljuga såvida det inte visade sig bli nödvändigt.

Han sneglade som hastigast på sin följeslagerska och lade genast märke till den intelligenta blicken i de vackra gröna ögonen. Det vore dumt att underskatta henne, insåg han omedelbart.

Fram till nu hade han varit väldig noggrann med att inte ge några avvikande detaljer när han tillfrågades om något. Å andra sidan skulle han inte ha någon större nytta av det om han blev för självsäker i den roll han spelade. Han hade redan väckt stallförmannens misstankar genom att erkänna det faktum att han kunde läsa och skriva. Till råga på allt hade han också dåraktigt nog avslöjat namnet på en granne, också han plantageägare, på Jamacia, men det var omöjligt för honom att försöka rätta till sina felsägningar nu. Därför var det viktigare än tidigare att han inte släppte efter på vaksamheten – speciellt inte när han befann sig i den här ljuvliga varelsens sällskap.

– Du måste ta dig tid att hälsa på din bror medan min familj är kvar i London, Ben, föreslog Sophia, efter att genom att höja på piskan ha hälsat på passagerarna i en vagn som mötte dem. Om vädret så tillåter kommer jag mest troligt att rida varje dag. Trots det är jag säker på att du kan slinka iväg en timme eller så ibland för att besöka dina familjemedlemmar. Detta under förutsättning att Trapp går med på det, förstås.

Än en gång visade hon prov på den rara och omtänksamma sidan av sin natur. Benedict stirrade rakt framför sig medan han bemödade sig om att dölja den beundran som tänts i hans ögon. Han hade inte glömt att hon varit villig att ta på sig sin del av skulden efter det oförglömliga mötet på Bond Street. Hur många andra unga kvinnor ur hennes samhällsklass skulle ha brytt sig om en varelse som de antog vara en tjänare? Han var rätt säker på att det inte kunde röra sig om mer än en handfull.

– Du får inte tillåta vår respektingivande stallförman att köra med dig, Ben, fortsatte hon och den här gången fanns den en antydan till munterhet i hennes ögon. Han kan vara en vresig gammal bitvarg ibland. Stallpojkarna på Jaffrey House är livrädda för honom.

– Jaffrey House? upprepade han. Är det ert hem på landet?

Sophia nickade. – Det är familjegodset i Northamptonshire. Min far lät bygga det kort efter sin återkomst från Indien. Jag och mina två yngre bröder föddes där. Det är ett underbart ställe. Hennes leende var aningen längtansfullt. – Det är verkligen synd att det inte är familjen Cleeves fäderneshem, även om det byggdes på marker som en gång tillhörde förre earlen.

Minnet gjorde sig gällande och Benedict erinrade sig vagt att hans egen far hade nämnt något om att gamle earlen hade begått självmord efter att ha ruinerat sig vid spelborden.

– Vem är det som äger det nu? frågade han medan han hoppades att han inte lät för nyfiken för att enbart vara en stalldräng. Tack och lov föreföll hon inte tycka det även om han lade märke till att hon plötsligt såg mycket förbittrad ut.

– Markisen av Sywell … En föraktlig varelse som helt saknar moral och har avskyvärda vanor. Hans lättsinniga försummelse har under åren resulterat i att Steepwood Abbey har förfallit så till den grad att det nästan kan kallas för en ruin. Pappa har erbjudit sig att köpa platsen ett flertal gånger under de senaste tjugo åren men utan framgång. Lyckligtvis har han dock haft turen att återfå de flesta andra egendomar som en gång tillhörde familjen Cleeve … bland dem också huset här i staden.

De hade vid det här laget nått parken. Sophia höll in sitt ystra lilla ungsto och såg sig omkring med föga entusiasm. Det var fortfarande ytterligare två veckor innan säsongen officiellt inleddes, men gatorna och parken var redan fyllda av de rika och berömda.

– Se dig omkring, Ben! Är det inte underbart att se hur societeten visar upp sig i sina finkläder till uppbyggelse för den breda massan? Ett skratt undslapp henne och det var omöjligt att missta sig på föraktet i det. – Markisen av Sywell är en otäck och avskyvärd medlem av den mänskliga rasen, men han är långt ifrån unik. Många av dem du ser här omkring är precis lika usla. I framtiden måste jag bemöda mig om att rida tidigare under dagen när luften inte är lika förorenad.

Nicholas hade alltså inte överdrivit trots allt, tänkte Benedict när han än en gång sackade efter för att följa henne på diskret avstånd. Lady Sophia Cleeve hyste verkligen ett stort förakt för sin egen klass. Det verkade som om hans uppgift skulle bli besvärligare än han först hade trott!

Den kvällen eskorterade earlen – som fortfarande var fast besluten att besöka en och annan tillställning – sin hustru och dotter till en bal som hölls av markisen och markisinnan av Strattan. Om den respektingivande damen var sur över att ha blivit förbigången hos en viss omtalad sömmerska några dagar tidigare visade hon dock inte minsta tecken på det. I stället hälsade hon nådigt på den unga dam som hade favoriserats av madam Félice.

Den omständigheten var earlens maka inte sen med att påpeka så fort hennes make hade gått vidare för att leta upp de rum som var förbehållna kortspel.

– Men anses det inte vulgärt för kvinnor ur vår klass att visa sina känslor offentligt, mamma? Jag vet att några gör det, men andra däremot ... Sophias blick gled vidare och fastnade vid en ung kvinna vars make helt öppet hade inlett en amorös affär med en välkänd kurtisan sedan deras ankomst till staden. – ... lyckas dölja sina känslor utomordentligt väl.

Lady Cleeve följde riktningen av sin dotters blick. Hon hade också hört rykten om lord Rochfords lidelsefulla romans och kände stort medlidande för den söta unga hustrun vars uppförande bland andra var felfritt.

– Det är inte alla giftermål som slutar så tråkigt, Sophia, påpekade hon milt.

– Nej, mamma, det känner jag till. Ändå misstänker jag att många damer som är här i kväll vid ett eller annat tillfälle har tvingats lida i tysthet över sina makars småsynder. Med tanke på mitt eget temperament fruktar jag att jag inte skulle klara av att visa mig så förstående.

Earlens maka fann det klokast att byta samtalsämne och när hon väl fick syn på sin vän och granne, lady Elizabeth Perceval, som satt med sin dotter ledde hon Sophia emot paret.

– Det gläder mig verkligen att du tackade ja till den här tillställningen, förklarade Robina när deras mödrar hade försjunkit i ett livligt samtal. Det känns som evigheter sedan jag såg dig. Vad har du varit upptagen med den sista tiden?

– Åh, inget speciellt upphetsande, svarade Sophia och struntade helt i det faktum att hon inte hade tillbringat en endaste kväll hemma sedan kvällen för hennes debutantbal.

– Det tror jag inte på för ett endaste ögonblick, svarade Robina som var gång Sophia var i närheten förmådde slappna av betydligt mer än vanligt. Vart jag och mamma än går finns det alltid någon som nämner ditt namn. Tänka sig, så sent som i går hörde vi något dumt rykte om att du ville gifta dig med en av din pappas betjänter.

Robinas munterhet avtog i samma stund som hon lade märke till en speciell glimt i vännens gröna ögon. Den hade hon sett alltför många gånger tidigare för att inte veta vad den innebar.

– Åh, Sophia! Säkerligen var det inte du själv som startade det dumma ryktet också? Din far kommer att bli ursinnig när han får reda på det.

– Ja, utan tvekan, höll hon lätt med om.

Det var omöjligt att förneka att earlen alltid hade varit mycket överseende vad gällde henne – och betydligt mer än så i fråga om hennes bröder – men ändå visste hon att till och med hans tålamod hade sina gränser.

– Olyckligtvis, Robina, och till skillnad mot dig beter jag mig inte alltid som jag borde göra. Jag är medveten om att de flesta där hemma svävar i tron att jag har blivit mycket bortskämd. Vilket i och för sig också är helt sant, medgav hon med den ärlighet som var en sådan stor del av hennes charm. Jag tappar humöret om man försöker hindra mig från att göra något jag vill.

Det är ett stort fel, suckade hon, och jag måste verkligen försöka arbeta bort den olaten. Min enda ursäkt är att jag inte exakt sa att jag skulle gifta mig med en betjänt … Jag råkade bara nämna att jag i regel föredrar att umgås med tjänstefolk än med mer privilegierade medlemmar i samhället.

Hon tystnade en stund medan hon fundersamt studerade de målade figurerna på sin solfjäder. – Det har underligt nog visat sig vara sant. Jag var ute och red på eftermiddagen i sällskap med min stalldräng. Jag ljuger inte om jag säger att det var första gången sedan vi kommit till London som jag känt mig helt till freds.

Det sagda förvånade inte Robina det minsta. – Nå väl, började hon och ryckte på axlarna. Det är ändå inte mer än man kan förvänta sig. Jag vet att du betraktar Clem mer som en vän än som en tjänare.

– Det var inte Clem som gjorde mig sällskap, berättade Sophia och stirrade tomt framför sig i balsalen. För sitt inre öga målade hon precis upp bilden av en lång och kraftigt byggd karl med en man av tjockt gyllenbrunt hår och genomträngande blå ögon. – Sorglig nog har han lämnat oss för att bli stallförman på en egendom. Jag tror bestämt att det var någonstans söderut.

Nyheten kom som en chock för Robina och hon visste inte vad hon skulle säga. Invånarna i de fyra byarna som omgav klostret hade under åren vant sig vid anblicken av earlen av Yardleys dotter som red omkring i sällskap av sin trofaste stalldräng. Clem hade varit Sophias pålitliga följeslagare under många år och det skulle sannerligen kännas konstigt att inte längre se dem rida tillsammans.

– Åh, jag förstår att du måste ha blivit förskräckligt upprörd över att förlora honom, framkastade hon till slut och medkänslan i rösten var påtaglig.

– Mycket, höll Sophia med om med ett litet leende. Det är möjligt att jag är bortskämd, Robin, men jag är ändå inte självisk nog att förhindra någon från att söka sig till något bättre i livet. Det lär ännu dröja flera år innan vår stallförman är redo att dra sig tillbaka och Clem är mer än kunnig i konsten att sköta ett stall.

Däremot måste jag erkänna att jag blev mycket imponerad av hans ersättare, fortsatte hon att berätta efter det att hennes uppmärksamhet under en stund hade avletts av två gentlemän som satt sida vid sida på motsatta sidan av rummet. Hon skakade på huvudet. – Det var så märkligt. När det väl inträffade var jag inte medveten om det, men när jag återvände hem igen tänkte jag på den konversation vi hade fört under vår ridtur. Det var då jag insåg att vårt samtal inte var av den arten som jag i vanliga fall brukar föra med tjänare.

– Du brukade alltid prata med Clem om än det ena än det andra, erinrade Robina väninnan.

– Det stämmer. Ändå känns det här underligt nog annorlunda. Jag kom på mig med att hålla med om det mesta han sa, inte minst de kommentarer som han fällde om vår klass. Hon skrattade till vid tanken på hur absurt det hade varit att bli instruerad av en stalldräng vad gällde det korrekta sättet att bete sig. – Det är i själva verket löjligt. Det är möjligt att allt enbart berodde på att jag kände mig helt avslappnad i hans sällskap.

– Jag vet vad du menar, svarade Robina som inte alls fann det sagda löjligt. Det finns människor, även tjänstefolk, med vilka man genast upplever en samhörighet. Hon suckade tungt. – Jag vet att mamma och pappa önskar mig ett bra parti. Ändå skulle jag betydligt hellre vilja gifta mig med någon jag känner mig obesvärad med … En som inte förväntar sig att jag ska uppföra mig på rätt sätt hela tiden utan som accepterar mig som jag är!

Sophias blick gled automatiskt över till damen som satt till höger om vännen. Hon var fast övertygad om att Robinas barndom och uppväxt på prästgården i Abbot Quincey hade varit lycklig. Ändå kunde det inte ha varit lätt att leva upp till lady Elizabeth Percivals strikta normer om hur en dam borde uppföra sig.

Lady Elizabeth var respekterad i samtliga fyra byar som omgav klostret och hade visat sig vara den perfekta kamraten och hjälpredan till Abbot Quinceys hårt arbetande och vänlige präst. Hennes egna ansträngningar för de fattiga och behövande var lika outtröttliga som makens och aldrig hade hon varit för stolt för att gå in i den enklaste boning för att trösta någon sjuk eller döende. Ändå fanns där alltid en överlägsen air omkring henne som aldrig försummade att erinra dem i närheten om att de befann sig i närvaro av dottern till en hertig.

Sophia kunde bara ta för givet att lady Elizabeth hade haft en uppväxt som präglats av stränghet. Detta grundade hon på de hårda krav kyrkoherdens hustru ställde på sina döttrar vad gällde deras uppförande. Robina hade varit speciellt utsatt då hon i egenskap av äldsta syster förväntades utgöra ett gott exempel för sina tre yngre systrar.

Det kunde inte vara lätt att tvingas försöka anpassa sig till sådana höga krav, tänkte Sophia. Hennes blick gled än en gång över den stora och till trängsel fyllda balsalen. Hon kunde inte låta bli att undra hur mycket av hennes blida väns personlighet som hade undertryckts under åren. Undrar vad som skulle hända om Robina skildes från sin mor under ett tag? Ingen kunde gissa vilka överraskande drag hos flickan som då kunde komma upp till ytan.

– Säg mig en sak, Robin. Råkar du känna till vem den där mörkhårige gentlemannen är? Han som sitter på andra sidan rummet med lord Byron? Jag tror inte att jag har sett honom tidigare.

Robina, som hade ett anmärkningsvärt gott minne för namn och ansikten, visste genast att upplysa väninnan.

– Åh, det är sir Lucius Crawley. Han har nyligen anlänt till staden. Jag tror det är något tvivelaktigt med honom, tillade hon med lägre röst så att ingen annan skulle höra. Jag dansade nämligen med honom på en tillställning för några kvällar sedan och mamma sa att jag inte fick göra om det.

– Så intressant! Den skvallrande glimten i Sohpias

ögon föregick i vanliga fall något skandalöst yttrande och det visade sig också vara fallet den här gången.

– Jag antar att han är en riktig vivör då!

Robinas spontana skrockande förtjänade henne en milt förebrående blick från hennes etikettsbundna och pedantiska mor, men hjälpen i form av hennes likaledes minutiöse kusin, Hugo Perceval, var nära. Han kom precis fram för att bjuda upp henne inför nästa kontradans.

Medan Sophia betraktade parets framsteg på dansgolvet märkte hon att den mycket attraktive sir Lucius Crawley reste sig upp och började släntra över rummet i riktning mot henne. Om det var hans avsikt att bjuda upp henne eller inte skulle hon dock inte få reda på. För i samma stund dök lord Nicholas Risely upp som ur tomma intet och ställde sig framför henne.

Eftersom den unge lorden fortsatt att höra hemma i gruppen av "säkra" beundrare tvekade Sophia inte det minsta när han bjöd upp henne. Hon fann honom alltid vara underhållande och hans slagfärdiga kommentarer var en välkommen lättnad efter den utstuderade artighet hon oftast utsattes för av andra gentlemän. Han var också en källa till nöje, alltid beredd att underhålla henne med det senaste skvallret, och det han inte kände till om de berömda och ökända som rörde sig i högsta societeten var inte värt att känna till. Som en följd tvekade hon inte att fråga honom om den anslående stilige mannen som hade lyckats fånga hennes intresse.

– Har Crawley anlänt till staden? Nicholas visade tecken på förvåning, såg sig omkring och fick snart syn på baroneten vars rykte i själva verket var rätt tvivelaktigt. – Åh, det stämmer! Där är han ju. I vanliga fall kommer han inte förrän säsongen har inletts. Jag kan bara ta för givet att han är beredd att gifta sig igen.

– Igen? frågade Sophia nyfiket.

Nicholas nickade men hade ett frånvarande uttryck i ansiktet. Han längtade efter att höra hur det gick för Benedict, för han hade varken sett eller hört av brodern sedan denne antagit sin nya förklädnad. Som han dock inte hade en aning om hur han skulle få den okynniga lady Sophia att börja prata om stalldrängar fann han det klokast att tillfredsställa hennes nyfikenhet gällande sir Lucius.

– Ja, han gifte sig med en välsituerad kvinna för några år sedan för att rädda sitt fäderneshem. Om det jag fått höra stämmer var stället intecknat över skorstenen. Han har lite av en skruv lös, den mannen, förklarade han efter en liten paus. Man skulle kunna säga att han inte är den som avstår från sina små nöjen.

Under åren hade Sophia upptäckt att man hade betydligt större chanser att få reda på mer om man inte ställde för många nyfikna frågor. Därför lät hon sir Nicholas tala ostört. Det var inte förrän han tystnade som hon nonchalant ställde sig fråga.

– Jag antar att hans första maka dog?

– I barnsäng inom ett år efter giftermålet. Barnet var också dödfött vill jag minnas. Hon hade tur som undkom honom, påpekade han med taktlös likgiltighet för den stackars kvinnans tragiska frånfälle. Alla visste att han enbart gifte sig med henne för pengarnas skull. Det bevisade han själv klart och tydligt när han återgick till sina gamla olater endast några veckor efter det att bröllopet hade ståndat.

Besviken, men inte speciellt förvånad, började Sophias intresse snabbt avta. Om det lord Nicholas hade berättat var sant föreföll det som om sir Lucius, en utsvävande människa utan tanke på någon annan än sig själv, representerade det som hon mest föraktade bland sina likar.

I vanliga fall skulle hon inte ha skänkt baroneten ytterligare en tanke, men när musiken tonade ut och paren började lämna golvet, upptäckte hon att sir Lucius stod framför henne. Tydligen var han en man som inte tillät sina planer att gäckas en andra gång.

Som det nu föll sig hade lord Nicholas inte något annat val än att presentera dem för varandra innan han gav sig av. Kvar stod Sophia som nu stirrade upp i ett par häpnadsväckande blå ögon, djupt infattade i ett tunt men inte oattraktivt maskulint ansikte.

Hon kunde inte låta bli att jämföra de lätt hånfulla ögonen som utan att blinka tittade ner på henne med ett par som hade samma anslående färg och som tidigare under dagen då och då hade fästs på henne. Även om det hade funnits något rättframt i Ben Rudgelys blick hade åtminstone han tillåtit henne att behålla kläderna på kroppen. Den här gången kändes det däremot som om hon precis hade blivit avklädd och som om hennes behag nu hänsynslöst granskades för minsta tecken på skavanker.

Hon log för sig själv när de efter ett kort utbyte av artigheter intog sin plats på golvet. Utan tvekan skulle en hel del kvinnor känna sig dragna till sir Lucius stiliga gestalt och provokativa blick, men Sophia ingick inte i den gruppen. Något av det första hon hade lagt märkte till var nämligen avsaknaden av äkta värme på den leende munnen med de tunna läpparna. Likaså tyckte hon sig förnimma något olycksbådande och hotfullt över hans sätt. Det fick henne genast att bli övertygad om att den kvinna som var dåraktig nog att överlämna sitt välbefinnande i händerna på denne man en dag skulle få skäl att ångra sig.

Henne ovetandes var fadern av samma åsikt. Även om det inte var ofta som han hade besökt London de senaste åren hade earlen hållit sig à jour med allt som hände inom societeten och han var därför medveten om sir Lucius dåliga rykte. Som en följd blev han därför mycket missbelåten när han efter ett kort besök i spelrummet återvände för att se sin älskade dotter i den illa beryktade baronetens armar.

Efter att ha sökt upp hustrun tvekade han inte att dra henne lite åt sidan och lufta sitt missnöje. Med bister röst krävde han att få veta vad hon sysslade med som tillät deras dotter dansa med en man av sir Lucius Crawleys kaliber.

– Käre du, jag var knappast i den positionen att jag kunde göra något åt det, svarade hon på sitt lugna sätt. Han bjöd upp Sophia redan innan hon hade hunnit lämna golvet efter en dans med lord Nicholas Risely.

För ett ögonblick såg han lite förvirrad ut. – Risely? upprepade han långsamt. Han hade väl tyckt att det var något bekant över den långe ljushårige mannen som först hade dansat med hans dotter. – Är det en av gamle Sharnbrooks söner?

– Ja, den yngre sonen. Sophia förefaller vara rätt förtjust i honom.

– Det menar du inte? Hoppet vaknade till liv, men splittrades i nästa stund av hans makas försäkran om att det enbart var vänskap som Sophia kände för mannen.

– Han är lite av en lymmel men mycket trevlig och intagande. Jag är själv också mycket förtjust i honom, fortsatte hon. Däremot är han alldeles för ung för att passa vår Sophia. Av den anledningen skulle jag bli mycket tacksam om du inte försökte gynna en förening mellan dem.

– Jag skulle aldrig drömma om att lägga mig i, min älskade, försäkrade han men hon var inte helt övertygad och avslöjade detta faktum genom att höja ett skeptiskt ögonbryn.

– Hur kommer det sig då att du plötsligt fick för dig att eskortera oss i kväll? ville hon veta. Såvida det inte var för att hålla ett öga på vår dotter? Om du anser att jag inte duger till att se efter Sophia, Thomas, föreslår jag att du anställer någon som du finner vara ett mer passande förkläde.

Trots att det var en mild förebråelse reagerade lorden med sårad stolthet. – Så ja, min kära, skyndade han sig att säga. Du vet mycket väl att det inte finns någon annan jag skulle lita mer på när det gäller omsorgen om vår dotter. Det är bara det att … bara det att …

– Bara det att du är en engagerad far som vill försäkra dig om din enda dotters välbefinnande, avslutade hon leende meningen för honom trots att hon ansåg att han oroade sig i onödan. Jag älskar inte Sophia mindre än du gör, Thomas, men till skillnad mot dig hyser jag större tilltro till hennes omdömesförmåga.

Förr eller senare lär hon möta en gentleman som hon mer än gärna gifter sig med, och likaså en man som vi säkerligen finner helt acceptabel. Men fram till dess, och såvida mitt råd betyder något, tycker jag att du ska tillåta vår kära dotter att njuta av sin första säsong som debutant.

Femte kapitlet

Nästa morgon klev Sophia upp tidigt. Hon var fast besluten att hinna motionera innan parken fylldes till trängsel av sprättar och klädsnobbar och av gentlemän som var fast beslutna att visa hur duktiga de var på hästryggen. När hennes husa drog undan gardinerna såg hon till sin belåtenhet att himlen var klar och att ytterligare en härlig dag låg framför henne.

Hon var övertygad om att den stigande upphetsningen som bubblade inom henne – medan hon åt frukost och sedan skyndsamt bytte om till riddräkten – enbart kom sig av tanken på hur underbart det skulle bli att få ha parken nästan helt för sig själv. Därför stod hon helt frågande och förstod inte alls hur det kom sig att humöret gjorde en djupdykning när hennes nye stalldräng en stund senare enbart nickade kort som svar på hennes glada leende och hurtiga hälsning.

Eftersom Sophia helt var i avsaknad av fåfänga skulle hon inte för ett endaste ögonblick ha anat att blotta anblicken av henne kunde få en i vanliga fall självsäker gentleman att uppföra sig som en blyg skolpojke. Men så var ändå fallet. Benedicts känslor för henne var vid det laget så starka att han föreföll tillbringa hälften av sin vakna tid med att stirra tomt framför sig medan han fantiserade om den stund när han kunde kalla henne för sin. Inte fick han heller någon lindring under nätterna. Då drömde han att hon låg i hans armar som en villig älskarinna, enbart för att vakna och upptäcka att han var ensam.

Hon skulle heller aldrig ha kunnat ana att mannen som böjde sig ner framför henne, med händerna kupade för att lyfta upp henne i sadeln, gjorde sitt bästa för att bibehålla kontrollen över sina känslor och son frustration. Det enda hon visste var att hon kände sig oförklarligt sårad över att den nye stalldrängen föreföll vara så likgiltig.

Nu tittade hon ner på det böjda huvudet och undrade hur hennes perfekte sällskap från dagen innan över natten hade förvandlats till en butter tråkmåns som knappt hade besvarat hennes hälsning.

Efter en stund, och när hon inte gjorde minsta försök att placera sin fot i hans händer, höjde Ben på huvudet och gav henne en frågande blick.

– Har ni ändrat er, milady? Önskar ni inte ut och rida den här morgonen?

– Ja, är det inte underligt! utbrast hon sarkastisk. Jag var precis på väg att ställa dig samma fråga.

När han rätade på ryggen tornade han upp sig ovanför henne. Ansiktsuttrycket var vaksamt. – Jag förstår er inte riktigt, milady.

– Inte det? Sophia var inte helt övertygad om att det stämde för den intelligenta blick hon såg i de blå ögonen berättade en helt annan historia.

Det började glittra av okynne i hennes ögon. – Låt mig då klargöra ett och annat så att det inte uppstår några missförstånd. Jag är rätt säker på att ingen av våra anställda anser att jag är för krävande. Det innebär dock inte att jag drar mig för att läxa upp någon av mina tjänare såvida de visar ovilja för att utföra de få tjänster jag kan tänkas kräva av dem.

Det var i exakt den stunden som ungstoet valde att demonstrera sin otålighet över att tvingas stå stilla.

– Bångstyriga lilla stycke! muttrade Ben, vilket fick hästen att lugna sig en aning.

Trots det var Sophia inte helt säker på att den milda förebråelsen hade riktats mot hennes riddjur. Hon beslöt sig dock för att hellre fria än fälla, men kände sig ändå inte generös nog att tillåta hans dämpade sinnestillstånd utan att kräva en förklaring. När de red ut från torget frågade hon honom därför om anledningen till att han föreföll vara på så dystert humör denna morgon.

– Var snäll och förolämpa inte heller min intelligens genom att säga att allt är bra, fortsatte hon näbbigt. Ditt ansikte påminner om en regnig fredag.

När Benedict hörde det var han tvungen att le. Hans lilla älskling var tydligen inte en som skrädde orden. Men hur i all världen skulle han tala om för henne att hon var orsaken till alla hans problem och att han helt enkelt var en frustrerad man?

– Om jag förefaller vara lite … försagd, milady, måste ni förlåta mig och tillskriva det min oerfarenhet och min önskan att vara er helt till lags. Jag har nämligen inte alltid varit stalldräng, förstår ni, erkände han och tröstade sig med vetskapen om att åtminstone det var sant.

– Vad för slags arbete har du gjort tidigare? undrade hon och eftersom Ben var förberedd hade han redan svaret färdigt.

– Jag har uträttat många sysslor i mitt liv, milady. Eftersom jag föddes på landet är jag rätt van vid att arbeta med olika sorters djur – och då inte bara hästar.

– En bondpojke?

– Öh … inte riktigt, milady. Jag föddes på en stor

egendom i Hampshire och jobbade då och då på gården när jag var betydligt yngre.

Det var intressant! tänkte Sophia och ögonen smalnade när hon granskade den stiliga profilen med den höga intelligenta pannan, den lätt böjda näsan och den starka käklinjen. Det var möjligt att han klädde sig och pratade som en bondlurk men han var sannerligen ingen av de vanliga lantisarna. Sådana använde inte ord som *försagd* och att vara någon *till lags*. Nej, det fanns betydligt mer hos master Benjamin Rudgely än vad som syntes på ytan.

– Vad fick dig att åka till Västindien, Ben?

Han hörde omedelbart den intresserade undertonen i frågan. Det innebar att hennes nyfikenhet var väckt och han hade för avsikt att tillfredsställa den – förhoppningsvis utan att behöva ljuga.

– Min gamle herre beordrade mig att ge mig av, milady. Ska jag vara ärlig kan jag inte säga att jag hade någon större lust att lämna England, svarade han och erinrade sig tydligt sin ovilja under avresedagen. Ändå måste jag medge att jag lärde mig en hel del under min tid på Jamaica.

Även om han fortsatte att stirra rakt framför sig var Benedict väl medveten om att hon granskade honom. Spänt väntade han på nästa fråga och blev lite förvånad när hon enbart anmärkte att han måste ha lagt märke till många förändringar vid återkomsten.

– Ja, jag såg sannerligen några här i London. Det är en hel del nya byggnader som har uppförts sedan jag sist var här. I samma stund fick han dock syn på en betydligt mindre imponerande syn. – Å andra sidan är det vissa förhållanden som inte har förbättrats det minsta.

Sophia följde riktningen av hans blick i tid för att se en köpman jaga två magra pojkar i trasiga kläder runt ett hörn på en sidogata. Det fanns gott om fattiga människor i landet, men i London, där skillnaderna mellan de olika klasserna var extra stor, tenderade man att lägga märke till dem mer.

Hon visste att myndigheterna gjorde sitt bästa för att hålla gatorna i denna del av staden fria från tiggare men de kämpade förgäves. Det fanns helt enkelt för många av dem.

– Londons stora skam, mumlade hon och upplevde en våg av medkännande för de lidande.

– Mänsklighetens skam, rättade han henne. Och en sak är säker ... Mänskligheten har en hel del att skämmas över.

De hade vid det här laget nått fram till ingången till parken och Benedict bytte samtalsämne genom att anmärka hur trevligt det var att för omväxlings skull ha platsen så gott som för sig själv. Hans förtjusande kompanjon höll helhjärtat med om det. Han kunde utan minsta svårighet höra det längtansfulla tonfallet i hennes röst och visste exakt vilka tankar som for igenom hennes lilla förtjusande huvud.

– Det är sannerligen otur att man inte har tillstånd att galoppera här i parken! Han kastade en retfull blick mot henne när han såg hennes förskräckta blick. – Åh, ja, milady. Jag må vara en enkel stalldräng, men till och med jag är medveten om att damer enbart har tillstånd att rida i maklig trav när de vistas i huvudstaden.

– En erinran i rättan tid! utbrast hon och skrattade förtjust till. Det gläder mig verkligen att jag har dig i närheten, Ben. Du kan ge mig anvisningar om hur man ska uppföra sig. Det glimmade till av okynne i hennes vackra ögon. – Jag tror bestämt du har missat din kallelse här i livet, Benjamin Rudgely. Du borde ha blivit barnsköterska i stället.

Kommentaren sårade hans stolthet och fick honom att dra ett häftigt andetag. Sophia märkte det och hennes skratt fastnade i halsen. När han sneglade på henne kunde han se att hon plötsligt såg mycket ångerfull ut. Det var möjligt att hon precis hade insett att till och med en tjänare kunde lida av manlig stolthet.

Under de år han tillbringat utomlands hade många av societetens mindre framträdande personligheter bleknat i hans minne. Ändå krävdes det ingen större ansträngning från Benedict för att känna igen den ensamme gestalten som närmade sig dem på en grå valack.

Han skulle ha varit den förste att erkänna att han aldrig hade varit, och förmodligen heller aldrig skulle bli, ett dygdemönster. Herregud, han hade sannerligen inte varit något helgon i ungdomen. Många var de kvällar och nätter som han druckit och spelat i glada vänners lag. Det hade inte heller varit en ovanlig syn att se honom på olika ställen i staden med en strålande skönhet vid sin arm. Hans förhållanden hade varit rätt många till antalet och hade utan undantag varit med kvinnor ur hans egen klass och då i första hand med dem som kände till spelreglerna. Någon oskuld hade han däremot aldrig förfört och ingen av de damer han hade haft intima relationer med hade någonsin tvingats lida som en följd av bekantskapen med honom. Det var betydligt mer än vad som kunde sägas om flera unga kvinnor vars namn hade förknippats med sir Lucius Crawleys.

Anblicken av ryttaren fick Benedict att erinra sig en speciellt otäck historia som baroneten hade varit inblandad i. Den unga damen det gällde hade kommit från en fin familj och enligt ryktet hade hon också en stor hemgift att vänta den dagen hon gifte sig.

Strax efter sin ankomst till London hade den stackars flickan blivit förälskad i sir Lucius och gått med på att rymma med honom.

Lyckligtvis hade den unga kvinnan inte helt saknat manliga beskyddare. Hennes morbror hade följt efter och hade lyckats hinna ikapp rymlingarna cirka tre mil utanför staden. Eftersom han hade varit övertygad om att sir Lucius enbart var en lycksökare hade han inte tvekat att tala om för baroneten att hans systerdotter inte skulle ärva en penny såvida hon gifte sig utan familjens tillstånd.

Detta hade givetvis förändrat allt. Sir Lucius hade omedelbart lämnat sin käraste och återvänt till staden. Några dagar senare hade den unga kvinnan vars hjärta krossats kastat sig ut från fönstret i sin morbrors hus och gått en omedelbar död till mötes.

Olyckligtvis var den stackars förledda flickan inte den enda dam som hade tvingats lida som en följd av att ha litat på den egennyttige baroneten. Därför kom det som en lättnad för Benedict, när han sackat efter för att tillåta sir Lucius att rida jämsides med Sophia, att upptäcka att den älskade flickan inte föreföll vara det minsta mottaglig för sir Lucius charm.

Hon hälsade i och för sig hövligt på honom och påpekade sedan att hon var rätt förvånad över att se honom i farten vid denna tid på dygnet.

– Sanningen att säga, milady, har jag inte för vana att stiga upp vid denna okristliga timme när jag bor i staden, erkände han. I likhet med förra gången de hade träffats slukade hans mörka ögon samtidigt varje kurva hos henne och fick Sophia att känna sig tacksam över att hon bar ett extra lager kläder den morgonen.

– Men jag hade den stora turen att råka höra er säga till er söta lilla vän att ni hade för avsikt att rida tidigt i dag. Jag kunde givetvis inte låta ett sådant gyllene tillfälle att lära känna er bättre glida genom fingrarna på mig.

Han drog sig alltså inte för att tjuvlyssna när det passade hans ändamål. Och vilka var då hans avsikter? frågade Sophia sig. Hade han planer på att förföra henne? Nej, det tvivlade hon på. Även om han onekligen var en kvinnokarl skulle han inte riskera att bli utkastad ur societeten genom att göra något så dumt som att försöka kompromettera dottern till en earl.

Hon iakttog honom under tystnad en stund och hennes blickar var betydligt mindre smickrande än hans. Kanske lord Nicholas haft rätt i sin tro att sir Lucius än en gång övervägde att gifta sig. Det var till och med möjligt att han betraktade henne som en tänkbar kandidat till rollen som den blivande lady Crawley. Om så var fallet skulle hon snabbt ta honom ur den villfarelsen. Hon ville inte för något i världen binda sig vid en person som hade alla förutsättningar att bli en spegelbild av den sedeslöse rumlaren markisen av Sywell!

– Ni smickrar mig, sir, men ni borde ha besparat er allt besvär. Jag är säker på att våra vägar ändå kommer att korsas med jämna mellanrum under de kommande veckorna.

Det var inte exakt den reaktion sir Lucius hade vant sig vid under alla de år när han uppvaktat damer, men han lät sig inte avskräckas. Erfarenheten sa honom att lady Sophia, trots sin lugna och behärskade utstrålning, var en total oskuld när det kom till den sköna arten av en liten flört. Dessutom hade han själv alltid funnit själva jakten betydligt mer upphetsande än det oundvikliga kapitulerandet. Han skulle utan tvekan få stort nöje medan han tämjde denna lilla flicksnärta.

– Dessutom skulle jag betrakta det som en stor tjänst om ni inte gjorde det allmänt känt att jag föredrar att motionera vid den här tiden på dygnet, sir, fortsatte Sophia, som inte tyckte om det sätt på vilket han fortsatte att iaktta henne – som en utsvulten hund som dreglade över ett ben. Mina morgonritter är heliga för mig eftersom det endast är då jag kan njuta av att vara ensam.

Ett lågt och manligt skratt nådde hennes öron och det krävdes all självkontroll hon hade för att hon själv inte skulle ge uttryck för sin munterhet. Skrattlystnaden tilltog ytterligare när sir Lucius vände sig om i sadeln för att kasta en bister blick mot hennes roade stalldräng.

Hon visste att hon borde läxa upp Ben ordentligt för att han red så nära och utan att skämmas lyssnade på varje ord av deras konversation. Trots det hade hon inte minsta avsikt att göra det, varken nu eller senare, och orsaken var enkel. Hon var nämligen övertygad om att så länge som Benjamin Rudgely var i närheten behövde hon aldrig frukta en man av sir Lucius Crawleys kaliber.

– Jag hoppas verkligen att ni inte anser min närvaro denna morgon vara ett intrång, milady, fortsatte baroneten smidigt. Trots att han försökte låta normal på rösten var det ändå omöjligt för honom att helt dölja den kvarvarande irritationen över den oförskämde tjänarens uppträdande. – Såvida jag inte missminner mig hade ni verkligen inget emot mitt sällskap i går kväll.

Den otäcke mannens kommentar fick Sophia att i tysthet svära över sitt eget dumma agerande. Hon borde inte ha gett sir Lucius någon speciell uppmärksamhet på makarna Strattans bal. Inte minst för att hon hade vetat att det skulle vara ett misstag att dansa med honom en andra gång! Dumt nog var det ändå precis vad hon hade gjort. Svaret på det var enkelt – trots. Tidigare under kvällen hade hon sett ett uttryck i faderns ansikte som klart och tydligt skvallrat om att han inte tyckte om att hon ens var i närheten av den beryktade baroneten.

Även om hennes erfarenhet av män inte var stor hade någon inre kvinnlig klokhet varnat henne för att sir Lucius kunde vara en farlig man om man retade upp honom. Dessutom också en som inte skulle tolerera att någon fick honom att verka dum. Därför vore det säkerligen betydligt bättre, beslöt hon sig raskt för, om hon klargjorde sina känslor nu i stället för att tillåta att ytterligare missförstånd uppstod i framtiden.

Av någon underlig orsak ville hon dock inte att Ben skulle få reda på hur dum hon hade varit som hade uppmuntrat en man som sir Lucius.

De hade vid det här laget nått fram till en avsides belägen del i parken dit sällan några kom.

– Vad sägs om att vi tar en liten promenad? föreslog hon impulsivt och höll redan i nästa stund in sitt sto vid en träddunge. Utan att vänta på svar gled hon lätt ner till marken innan vare sig Ben eller sir Lucius hann erbjuda henne hjälp.

Hon lade inte märke till den ogillande blick som hade tänts i ett par vaksamma blå ögon när hon vandrade iväg längs en smal stig där trädgrenarna formade en baldakin ovanför henne. Det gjorde däremot sir Lucius och det var med stor tillfredsställelse han beordrade stalldrängen att dröja kvar på platsen med hästarna.

Efter att ha stannat till vid en kraftig alm väntade Sophia på att sir Lucius skulle göra henne sällskap.

– Jag tror bestämt att jag är skyldig er en ursäkt, sir, började hon och gick sin vana trogen rakt på sak. Hon lät också betydligt mer samlad än hon i själva verket kände sig. För hur det än var hade hon inte tänkt gå så långt och Ben föreföll vara störande långt borta.

– En ursäkt, min kära? upprepade sir Lucius och det glimmade till av tillfredsställelse i hans ögon. I dem fanns också ett uttryck som Sophia valde att inte analysera och som var betydligt mer störande. Mannen tog ett steg närmare henne. – En ursäkt i fråga om vad? Ni har inte gjort mig någon otjänst, spann han med silkeslen röst. Raka motsatsen, skulle jag vilja hävda.

Instinktivt backade hon ett steg, enbart för att känna hur den grova stammen pressade mot ryggen. Det som hade förefallit vara en sådan enkel uppgift för några minuter sedan hade nu antagit skrämmande proportioner. Sir Lucius var ingen ytlig ung man vars lidelser kunde kvävas med några få väl valda ord. Han var en mästare vad gällde kurtiser. Utan tvekan var han också en man vars framgång hos kvinnor under åren fick honom att obevekligt förfölja ett byte … Inte minst om han fick skäl att tro att hans uppmärksamhet i slutänden inte var helt ovälkommen. Och hade hon kanske inte uppmuntrat honom mer än nog genom att leda honom till detta avsides belägna ställe?

Han bekräftade hennes värsta farhågor genom att ta ytterligare ett steg närmare och placera en välskapt hand på stammen vid hennes huvud. Rädd av sig hade hon aldrig varit, inte ens som litet barn, och det skulle ha gett henne en enorm tillfredsställelse att få ge honom en rejäl örfil när han utan att skämmas öppet stirrade på formen av hennes byst under riddräkten. Om hon nu försäkrade att hon var helt ointresserad av honom skulle han förmodligen aldrig tro henne.

Knappt hade hon dock börjat grunna på hur hon skulle klara sig ur den penibla belägenheten när hon klart och tydligt hörde ljudet av en kvist som gick av alldeles i närheten.

Sir Lucius uppfattade också ljudet och snodde snabbt om. Till skillnad mot Sophia var det dock inte innerlig lättnad han upplevde vid upptäckten av att stalldrängen stod mindre än en meter bakom honom. Detta bevisades också av den hesa och bistra röst han tog till när han krävde att få besked om vad tjänaren sysslade med.

– Jag tror bestämt jag sa till dig att stanna med hästarna, morrade han sammanbitet.

– Det stämmer, bekräftade Benedict smidigt och såvida Sophia inte misstog sig helt var han också helt oberörd av baronetens fientliga tonfall. Var det så att han över huvud taget förrådde något så var det en antydan till uppgivenhet när han sneglade på henne. – Låt mig då få erinra er om att jag inte är i er anställning och därför inte har den minsta lust att ta emot order från er.

Därefter hände allting så snabbt att Sophia bara hann få ur sig en förskrämd och bestört flämtning. Sir Lucius, som svor för sig själv, höjde piskan mot den oförskämde tjänaren, men Ben parerade utan minsta svårighet slaget som riktats mot hans axlar. En sekund senare fick han också in ett perfekt slag mot baronetens haka som fick mannen att flyga ner på marken.

– Vad i helvete är det som pågår här? krävde en myndig och mycket bekant röst att få veta.

Sophia var som lamslagen av det som hade inträffat och kunde knappt tro sina ögon när hon såg sin äldste bror komma gående mot dem med målmedvetna steg.

Om hon kunnat göra sig osynlig skulle hon sannerligen haft god nytta av den egenskapen nu. Hon tvivlade inte för ett ögonblick på att Marcus genast ville ha en förklaring, men som hennes tunga föreföll ha fastnat mot gommen upptäckte hon också att hon var helt oförmögen att ge honom någon.

I stället stirrade hon enbart storögt när broderns skarpsinniga blick gled över till Ben. Stalldrängen såg ut att vara fullt beredd, och därtill villig, att upprepa sitt agerande från stunden innan.

Samtidigt gjorde sir Lucius ett tafatt försök att ta sig upp. Olyckligtvis föreföll han ännu vara lite yr.

– Tillåt mig att hjälpa er, Crawley, sa Marcus, enbart för att bemötas av en ilsken viftning när han sträckte ut en hjälpande hand.

– En sak måste jag verkligen hävda, Angmering, påpekade sir Lucius, när han till slut stod på fötter igen och gjorde sitt bästa för att åtgärda sitt tillrufsade yttre genom att borsta bort löven från rocken. Er fars val av tjänstefolk lämnar mycket i övrigt att önska.

– Det verkar så, svarade Marcus, och sneglade än en gång i riktning mot stalldrängen. Trots det måste jag i min tur påpeka en sak, Crawley. Vi har inte för vana att piska dem som arbetar för oss. Att döma av det jag såg agerade den här mannen i självförsvar. Låt mig därför föreslå att vi glömmer hela den här olycksaliga incidenten och går åt var sitt håll innan vi tilldrar oss andras nyfikenhet.

Av sir Lucius plötsligt vaksamma uttryck när han såg sig om förstod Sophia att hennes listige bror hade sagt exakt rätt sak.

Det var möjligt att baroneten hade ett våldsamt humör och att han kanske till och med njöt av det rykte som hans amorösa eskapader hade gett honom. Däremot tvivlade hon på att han var villig att ta risken att bli utstött ur societeten genom att göra ett spektakel av sig på en offentlig plats. För några minuter sedan hade det inte funnits några andra inom synhåll, men så var nu inte längre fallet. En skara ryttare var på väg längs stigen mot dem.

– Ni har givetvis helt rätt, Angmering. Crawley böjde sig ner för att lyfta upp hatten som fortfarande låg kvar bland löven på marken. När han reste sig upp kastade han en hämndlysten blick mot stalldrängen.
– Jag hoppas bara att mitt minne är lika medgörligt

som ert. Därefter, och med en kort bugning, var han borta.

– Nu kanske du kan vara vänlig att berätta för mig vad allt det där handlade om! krävde Marcus som omedelbart hade lagt märke till systerns lilla men lättade suck.

Det var möjligt att han var tio år äldre men Sophia hade aldrig känt någon vördnad för brodern. Nu kastade hon en förstulen blick på honom under ögonfransarna, vilket var ett tydligt tecken på att hon började återfå jämvikten och hade klara invändningar mot hans överlägsna attityd. Hon vände sig mot Ben, som fortfarande föreföll vara märkligt oberörd trots allt som hade inträffat.

– Du kan återvända till Berkeley Square nu. Jag är säker på att min bror kan eskortera mig hem. Och Ben, tillade hon mjukt när han vände sig om för att gå. Tack för hjälpen.

– Vem i all världen är den där gynnaren, Sophia? förhörde sig Marcus om så fort Ben var utom hörhåll. Det konstiga är att han erinrar mig om någon, men jag kan för mitt liv inte komma på vem. Han skakade på huvudet som om han avfärdade det hela ur sinnet. – Och hur kommer det sig att Clem inte gjorde dig sällskap?

– Clem har lämnat oss för att arbeta för någon annan. Min nye stalldräng heter Benjamin Rudgely.

– På det viset. Namnet sa inte Marcus ett dugg.

– Nå väl, Benjamin Rudgely kommer inte att vara din stalldräng länge till om han fortsätter att uppföra sig på det där viset, varnade han. En simpel tjänare kan inte gå omkring och slå dem som är förmer än han om han förväntar sig att få behålla sin position.

Sophia kunde inte förstå varför, men hon tog oväntat illa vid sig när hon hörde sin nye stalldräng få stämpeln simpel. Detta föranledde henne att omedelbart ge uttryck för sitt ogillande.

– Dessutom var det en sak till, Marcus, tillade hon när hon var klar. Jag vill inte höra talas om att Ben ska bli tvungen att sluta på grund av den här morgonens olycksaliga tillbud. Misstar jag mig inte kom du i tid för att med egna ögon se vad som hände.

– Ja, jag såg det, bekräftade han medan de långsamt återvände mot hästarna. Jag kan däremot inte för mitt liv föreställa mig vad som föregick det hela.

– Det inträffade enbart för att jag var dum nog att visa Crawley lite uppmärksamhet i går kväll. Däremot inbjöd jag sannerligen inte honom att komma och rida med mig i dag, skyndade hon sig att tillägga.

Hon accepterade hans hjälp att komma upp i sadeln och hade heller inga svårigheter med att lägga märke till den förebrående blicken i hans mörka ögon när han satt upp på sitt eget förnäma riddjur.

– Ändå måste han ha av någon anledning ha fått

för sig att hans närvaro inte skulle vara ovälkommen, fortsatte hon. Själv tänkte jag snarast på hur jag skulle formulera mig när jag upplyste honom om att vivörer inte var i min smak när Ben plötsligt dök upp.

Hunnen så långt beslöt hon sig för att vara rättvis och hellre fria än fälla i sir Lucius Crawleys fall.

– Jag tror inte för ett ögonblick att Crawley hade några planer på att förföra mig här i parken, men samtidigt kan jag inte heller förneka att jag gladdes enormt över att ha Ben med mig. Det enda jag vill nu, Marcus, är att glömma hela den olycksaliga episoden.

Han såg ut att vara på vippen att säga något, men ångrade sig tydligen sedan för han stängde munnen. Under tystnad började de rida mot utgången och detta fridfulla tillstånd varade ända tills Sophia ville veta när han hade anlänt till staden.

– Sent i går kväll. Jag bor hos min vän Lawrence Petersham. Vi stannar här några dagar innan vi reser till hans gods i Hampshire där vi ämnar jaga och fiska ett tag.

Besviken, men inte helt förvånad, kastade Sophia en tankfull blick på sin bror. Marcus brukade aldrig bo i huset på Berkeley Square medan earlen var där. I stället föredrog han att bo på hotell eller hos någon av sina vänner.

Under de senaste åren hade hans besök till Jaffrey House också blivit färre. Hon kunde inte låta bli att tycka att han handlade fel när han fortsatte att undvika deras fars sällskap så mycket som möjligt. Ändå visste hon att anledningen till hans beteende berodde på att han ansåg att hans mor hade blivit illa behandlad av earlen. Så länge han kände så var det oundvikligt att den förbittring han hyste skulle fortsätta att sprida sitt gift inom honom.

Det största problemet var att earlen alltid hade vägrat att diskutera minsta lilla i fråga om sitt första äktenskap. Hans förra maka, som varit lojal in i det sista, hade heller aldrig avslöjat minsta detalj om det för andra. Det innebar att Sophia inte kände till fakta och hon var rätt säker på att Marcus befann sig i samma situation.

Barndomsminnen letade sig fram hos henne. Hon mindes klart och tydligt den vackra sommardagen för nästan elva år sedan när hon hade kikat ut genom ett av fönstren på övervåningen på Jaffrey House och fått syn på sin bror som var på väg genom parken i riktning mot Steepwood Abbey. Markerna kring klostret hade alltid fascinerat honom och han hade ofta gått över dit för att få vara i fred med sina tankar.

Sophia hade själv aldrig känt någon dragning mot det stället – inte ens som liten. Detta berodde utan tvekan på att det hade cirkulerat många otäcka historier om platsen genom åren. Den senaste tiden hade markisen av Sywells sedeslösa aktiviteter i sig varit tillräckliga för att avskräcka de flesta unga kvinnor från att bege sig dit på egen hand. Sophia, som kanske inte varit den lydigaste av barn, hade för en gångs skull lyssnat på föräldrarnas föreskrifter och hade inte en endaste gång smitit iväg för att undersöka området kring klostret på egen hand. Däremot var det en annan sak om hon befann sig i sällskap av sin äldre bror som kunde skydda henne om så behövdes. Därför hade hon inte tyckt sig göra något fel när hon den sommardagen för länge sedan hade smitit ifrån sin guvernant i syfte att följa efter honom.

Marcus, som varit en tystlåten yngling, hade inte blivit glad när han fått syn på systern som sprungit i riktning mot honom genom parken. När hon till slut hade nått hans sida hade han gjort sina känslor fullständigt klara genom att bestämt beordra henne att återvända hem. Eftersom hon var den hon var hade hon dock vägrat.

En upphetsad diskussion hade följt och den hade kulminerat i att Marcus sagt vissa ovänliga saker om deras far. Hon hade gett igen genom att kasta sig över honom och bulta på honom med sina små knytnävar medan hon i sin tur slungat ur sig förolämpningar riktade mot hans mor. Marcus hade snabbt fångat in hennes viftande armar och när hon till slut lugnat ner sig en aning hade de slutit en pakt. Han skulle aldrig mer säga elaka saker om deras far och i gengäld lovade Sophia att aldrig säga något nedsättande om hans mor.

Under de följande åren hade de båda hållit sig till avtalet. Sophia hade heller inte för avsikt att bryta sitt löfte nu genom att tala om för Marcus att hon ansåg det vara dåraktigt agerat av honom att fortsätta undvika faderns sällskap. Därför nöjde hon sig enbart med att tala om för honom att hon hoppades att hon skulle hinna träffa honom under hans korta vistelse i staden.

– Det är mycket troligt, förkunnade han, för att redan i nästa mening lägga sordin på hennes belåtenhet. Jag är övertygad om att du behöver någon som håller ett öga på dig.

Sophia kunde känna hur hennes ibland oregerliga humör började bubbla. Även om hon fortfarande kände sig skyldig vägrade hon envetet att ta på sig hela skulden för det som hade inträffat.

– Då ska jag be att få tala om för dig att jag varken vill ha eller behöver dina tjänster som förkläde, Marcus, väste hon, vilket fick honom att tänka på en grinig kattunge. Jag skulle klara mig betydligt bättre om de manliga medlemmarna i min familj slutade upp med att lägga sig i mina affärer.

– Åh! utbrast Marcus som genast förstod att något hade inträffat. Far har alltså läst lusen av dig, inte sant? Det var verkligen på tiden.

– Jag borde ha förväntat mig ett sådant taktlöst svar

från dig! fräste hon irriterat. Vänta bara så får du se hur det känns den dagen du beslutar dig för att slå dig till ro och han vill diktera vilken kvinna du ska gifta dig med.

– Det är alltså så det förhåller sig? Även om hans leende utan tvekan var odygdigt hade ändå ett medkännande uttryck tänts i hans ögon. – Försök vara lite rättvis, Sophia, bad han. Jag skulle vara den förste att erkänna att jag inte alltid har hållit med om allt han har sagt eller gjort ... Ändå är jag övertygad om att far bara tänker på ditt bästa. Det sista han skulle vilja var att du föll offer för en lycksökare.

– Jag är inte dum, Marcus. Det där har jag redan förstått. Vad både du och pappa däremot försummar att inse är att jag inte längre är ett barn. Jag är fullt kapabel att tänka förnuftigt när det gäller att välja en make.

Trots det föreföll han inte övertygad och det bevisades också av hans följande ord. – Det är möjligt att du tycker att du håller måttet, flicka lilla, men jag befarar att ditt uppförande alldeles nyss motsäger det. Ingen kvinna vid sina sinnens fulla bruk skulle någonsin erbjuda en man som Crawley minsta lilla uppmuntran.

De hade vid det laget nått fram till Berkeley Square och Sophia gled ner ur sadeln utan att vänta på ett erbjudande om hjälp. Det faktum att det fanns ett korn av sanning i det han sagt bidrog enbart till att reta upp henne ytterligare. Därför motstod hon inte frestelsen att radera ut hans självbelåtna och tillfredsställda leende med sin kommentar.

– En sak kan du vara säker på, Marcus … Det är möjligt att jag är oerfaren i vissa fall, men jag skulle aldrig vara så dum att jag band mig för resten av livet till någon som är lika dryg och arrogant som du!

Till hälften road, till hälften irriterad över något han ansåg vara en helt oriktig bedömning av hans karaktär ledde Marcus hästarna till stallbacken. Det verkade som om hans lillasyster ännu inte hade lärt sig att lägga band på sitt humör. Inte heller hade hon mjuknat det minsta utan var lika trotsig som alltid.

– Vad hon behöver är givetvis en bestämd hand. Jag hoppas verkligen att hennes blivande make blir en man som inte drar sig för att läxa upp henne när så blir nödvändigt, muttrade han med viss belåtenhet – och utan att vara medveten om att han hade uttalat tankarna högt.

– Den rätte mannen skulle inte ha några problem med att tampas med henne, svarade plötsligt en munter röst.

– Det är möjligt att du har rätt, men jag för min del kan inte annat än tycka synd om den stackaren – vem det nu än blir, svarade Marcus och sträckte automatiskt över tyglarna till den nye stalldrängen. Hon kan vara ett oregerligt litet stycke när hon så vill.

– Kan inte säga att det förvånar mig. Det är rätt uppenbart att hon blev bortskämd som barn. Förmodligen är det earlen man kan skylla för det.

– På den punkten har du sannerligen rätt. Om han hade varit lite hårdare med Sophia för många år sedan skulle hon inte ha blivit en sådan … Marcus tystnade tvärt när han insåg vem han pratade med och kastade en fundersam blick på Ben. – Jag skulle råda dig att hålla dina åsikter för dig själv, gode man! snäste han, men var ändå oförmögen att kväva ett leende när han klev in i huset. Det var möjligt att den nye stalldrängen var oförskämd, men han var sannerligen ingen dåre. Han hade redan klurat ut hurdan Sophia var.

Han hittade fadern ensam i biblioteket och som han hade vissa detaljer att diskutera i fråga om egendomen han förvaltade i norr passade det hans syfte utmärkt att tillbringa lite tid på tu man hand med earlen.

Utan någon uppvisning av större värme från någondera parten hälsade de artigt på varandra. För sin del önskade lorden i och för sig att det kunde förhålla sig på annat sätt. En av hans största önskningar var att han frimodigt kunde visa den djupa tillgivenhet han kände för sin äldste son, men han tvivlade på att Marcus skulle uppskatta en sådan uppvisning av känslor. Och vem kunde klandra honom för det? Verkligen inte lorden, för han var mycket medveten om att ifall han hade varit mer öppenhjärtig i fråga om sitt katastrofala första äktenskap skulle han inte själv ha behövt framstå som den store skurken i sonens ögon under alla dessa år. Hans enda ursäkt var att han hade försökt bespara Marcus ytterligare sorg genom att envist vägra att berätta sanningen om hans mor.

Nå väl, nu var det kanske för sent för att försöka rätta till det, tänkte han, medan han bjöd Marcus på ett glas vin. Men fick han minsta lilla möjlighet i framtiden ämnade han ändå inte låta chansen att försöka vinna sonens tillgivenhet gå honom förbi. Under tiden måste han nöja sig med den respekt Marcus alltid visade och han återgäldade komplimangen genom att intensivt lyssna på sonens planer för egendomen.

Efter att med en nick ha visat att han höll med Marcus och att denne kunde gå vidare med planerna om förändringar förväntade sig lorden att hans son skulle ge sig av. När han dock inte med minsta min visade att han var beredd att gå därifrån utan i stället gick fram till karaffen för att fylla på sitt glas visste han omedelbart att sonen hade något mer han önskade diskutera. Tålmodigt väntade earlen ända tills han hade slagit sig ner igen.

Marcus drack en stärkande klunk av sitt vin medan han kastade en besvärad blick mot fadern över kanten på glaset.

– Jag hoppas att du vet att jag inte är den som

springer med skvaller, sir, började han lite osäkert. Inte heller brukar jag ha för vana att lägga mig i sådant som jag inte har något med att göra. Ändå tycker jag inte att det är mer än rätt att du får besked om något som hände i parken för en stund sedan och som har med Sophia att göra. Samt med en av dina tjänare.

Marcus kunde genast se att han hade faderns hela uppmärksamhet. – Min vän Petersham önskar sälja en av sina hästar och som jag är i behov av en ny beslöt jag mig för att ta en provritt. Av en ren tillfällighet råkade jag stöta på Sophia i en av de otillgängligare delarna i parken. Döm om min förvåning när jag upptäckte att hon var i sällskap med sir Lucius Crawley.

Lorden blev inte belåten över att höra det och dröjde inte med att förråda detta faktum. – Det menar du inte!

– Hon upplyste mig omedelbart om att hon inte hade arrangerat ett möte med baroneten där, skyndade sig Marcus att försäkra. Det var nämligen inte hans avsikt att ställa till med problem för systern. Syftet var enbart att få earlen att vara på sin vakt. – Och jag tror henne också, sir. Sophia må ha sina små brister men hon är sannerligen ingen lögnerska. Det är min fasta uppfattning att hon inte ens tycker om Crawley.

Earlen grymtade till. – Det var inte det intryck jag fick i går kväll. Tro det eller ej, men hon dansade med honom hela två gånger! Och jag misstänker att detta helt enkelt kom sig av att hon visste att jag inte skulle tycka om det.

Marcus kunde inte låta bli att le när han hörde det. Fadern må ha fyllt sjuttio men det var sannerligen inget fel på hans omdöme.

– Jag tror nästan att du har rätt. I vilket fall som helst så anlände jag till scenen i tid för att se Crawley höja piskan mot din nye stalldräng. Han var däremot inte sämre än att han duckade för slaget och golvade baroneten med ett välriktat slag.

– Det menar du inte! Nu fanns det mer än en antydan till upphetsning i earlens grå ögon.

– Tro mig, sir, så förhåller det sig. Jag kunde inte själv heller låta bli att beundra mannen för det. På tal om det skulle jag inte heller bli förvånad om jag fick reda på att han har boxats någon gång under sitt liv. För slaget var nämligen klockrent, sir. Utmärkt, enligt min mening. Uttrycket av beundran i Marcus mörka ögon bleknade dock ganska snart. – Trots det kan jag inte låta bli att fördöma hans agerande – även om jag samtidigt måste erkänna att han handlade i självförsvar.

Earlen gav sonen en fundersam blick. – Försöker du antyda att jag borde avskeda honom på grund av det som inträffade?

– Nej, sir. Det gör jag inte. Ett litet leende skymtade i hans ena mungipa. – Det är möjligt att han är en oförskämd gynnare, men han gjorde det enbart av pliktkänsla och för att skydda Sophia. Jag har hört att han inte har varit i din anställning under någon längre tid, men om jag inte misstar mig har han redan listat ut hurdan min syster är. Hon skulle ha svårt för att smita ifrån honom och jag har en känsla av att han alltid skulle vaka över henne på ett föredömligt sätt.

– Jag respekterar ditt omdöme, svarade earlen med mjuk röst, och det du säger låter betryggande. Han iakttog sonen under tystnad en stund och lade märke till att denne ännu såg lite orolig ut. – Exakt vad är det som stör dig, Marcus?

– Jag är inte säker. Jag tror inte för ett ögonblick på att Crawley skulle ha mage att rikta anklagelser om överfall mot stalldrängen, speciellt inte med tanke på att han själv förmodligen skulle framstå som en dåre. Å andra sidan är han en hämndlysten djävul … Jag tyckte inte om blicken i hans ögon innan han gav sig av från platsen.

Sjätte kapitlet

Marcus var långt ifrån den ende som hade lagt märke till den illvilliga glimten i de hårda blå ögonen. Benedict hade inte heller varit sen att upptäcka den. Med tanke på det han visste om sir Lucius hade han förväntat sig att baroneten åtminstone skulle framföra bittra klagomål till earlen av Yardley och kräva att denne avskedade den man som hade haft mage att slå honom till marken.

Trots det, och när dagarna passerade utan att han fick minsta tillrättavisning för sitt beteende i parken, började Benedict dock ifrågasätta om sir Lucius verkligen var den usling han hade utmålats som. Sedan hände något som bekräftade hans tidigare uppfattning om den ondskefulle baroneten.

På sin väg till smeden med en av lordens fina vagnshästar hade han plötsligt känt på sig att han hade blivit föremål för uppmärksamhet. När han snabbt vänt sig om hade han fått syn på en kraftig man i en mörk rock som rusade in i gränden.

Sedan, när han suttit på den grovt tillyxade träbänken utanför smedjan medan han väntade på att hästen skulle skos, hade han fått en skymt av samme person på andra sidan gatan. Den gången hade individen förefallit stirra rakt mot smedjan. Senare samma dag hade han fått syn på honom en tredje gång intill stallbacken. Enda undantaget var att denne nu haft sällskap av en man som såg lika skurkaktig ut som han själv.

Benedict hyste inte längre det minsta tvivel om att han var bevakad och att männen lade hans minsta rörelse på minnet. Följande kväll visade sig Trapp vara på förvånansvärt sällskapligt humör. När stallförmannen så föreslog att Benedict skulle göra honom sällskap till The Red Lion för ett glas eller två accepterade han beredvilligt förslaget. En sådan utfärd skulle ge honom möjligheten att en gång för alla bekräfta att han var föremål för någons intresse.

Det hade börjat skymma när han och Trapp lämnade sitt rum ovanför stallet. Trots det återstod tillräckligt mycket ljus för att Benedict skulle bli rätt säker på att inga skumma figurer höll till kring stallbacken. Det var däremot omöjligt att säga om någon följde dem i spåren när de vek in på huvudgatan och började gå i östlig riktning mot det värdshus som besöktes av ett stort antal stalldrängar och kuskar. London sov aldrig, åtminstone inte vid den här tiden på året, och det var för mycket folk i farten för att han skulle veta huruvida han var förföljd eller inte.

Som det nu råkade falla sig så var det Trapp med sin skarpa blick som, så fort de hade slagit sig ner vid sitt bord och fått var sin välförtjänt öl i handen, först märkte att Benedict verkade vara föremål för en speciell persons uppmärksamhet.

– Vet du, grabben, började han när han druckit några djupa klunkar och torkat sig över munnen med baksidan av handen. Den där gynnaren som står där borta tycks stirra på dig. Han gjorde en lätt gest mot en frånstötande figur som lutade sig mot ena änden av bardisken. – Jag såg honom tidigare för han kom in en liten stund efter oss. Är det en vän till dig?

Benedict sneglade över rummet i tid för att se mannen vända ryggen mot dem. Även om han inte kunde se dennes ansikte tydligt var han helt säker på att det här inte var någon av de två som smugit omkring vid ingången till stallbacken dagen innan. Därför behövde han inte heller ljuga när han förklarade att han aldrig tidigare hade sett mannen.

Anmärkningen fick Trapp att tappa intresset. Stallförmannen bytte sedan samtalsämne genom att erinra Ben om att lady Sophia skulle behöva hans tjänster påföljande morgon.

– Du verkar glad över beskedet, påpekade han eftersom han fått syn på den glimt som under ett obevakat ögonblick gett sig till känna i stalldrängens ögon.

Benedict gjorde inget försök att förneka det. – Som ni vill – jag ska vara helt ärlig, mr Trapp. Jag har funnit de här senaste dagarna när vi inte har haft så mycket att göra aningen långtråkiga. Jag tycker om att hålla mig sysselsatt.

Den attityden kunde stallförmannen inte klanka på. – Jag förstår vad du menar. Själv är jag likadan. Milady slutade upp med att rida för mer än en dekad sedan. Lorden sätter sig i sadeln då och då men aldrig under den tid han vistas i staden. Det är bara lady Sophia som uppskattar en mer regelbunden motion.

Trots det antar jag att vi inte borde klaga, tillade han och ryckte på axlarna. Medan vi är i London får vi inte många lediga kvällar som den här när familjen håller sig hemma. Därför är det bäst att göra det mesta möjliga av ledigheten.

Benedict höll med om det och hade allt varit som vanligt tvivlade han inte för en stund på att han inte skulle ha njutit av denna nya erfarenhet. För han kunde inte dra sig till minnes att han någonsin hade tillbringat en kväll på ett vanligt värdshus där han druckit öl med bara en stallförman i sällskap. Glädjen över ögonblicket dämpades dock helt av närvaron av mannen vid disken. Denne hade redan sneglat åt hans håll flera gånger.

Nu återstod inte längre några tvivel hos honom om att han med största säkerhet var föremål för någons intresse. Frågan var bara vems? Vem skulle bekymra sig om vad en vanlig stalldräng sysslade med? Det var givetvis inte helt omöjligt att han medan han varit ute och rastat earlen av Yardleys fina hästar hade blivit sedd av någon ur det förflutna. Kanske en vän som hade sett igenom hans förklädnad.

Men om så var fallet vore det samtidigt väldigt enkelt för vännen att själv söka kontakt med honom. Varför skulle han då bemöda sig om att bevaka honom? undrade han och plirade ner i sitt stop innan han styrkte sig med mer av innehållet i det. Nej, han visste instinktivt att det låg något mer bakom det, något som var betydligt mer illavarslande.

– När vi återvänder till Jaffrey House kommer vi givetvis att ha fullt upp, fortsatte Trapp, vilket fick Ben att skaka av sig de störande tankarna och artigt vända uppmärksamheten mot mannen. Pojkarna är hemma från skolan under sommaren och de kommer sannerligen att hålla oss sysselsatta! Stallet är nämligen ett av deras favorittillhåll.

Från deras konversation några dagar tidigare hade Benedict fått ett bestämt intryck av att Sophia var mycket förtjust i sina två yngre tvillingbröder. Själv såg han också fram emot att få lära känna dem. Mötet skulle däremot inte äga rum medan han ännu gick under förklädnad som stalldräng om det gick att undvika. Det var illa nog att han hade träffat den äldste brodern medan han ännu spelade den rollen.

Lord Angmering var ingen dåre och Benedict tvivlade inte för ett ögonblick på att Marcus inte skulle ha några svårigheter med att känna igen hertigen av Sharnbrook när de träffades inom en inte alltför avlägsen framtid. Nå väl, det hindret skulle han ta itu med senare. Under tiden hade han mer än nog av andra saker att oroa sig över.

Än en gång kom han på sig med att snegla mot bardisken – den här gången i tid för att möta blicken i ett par ovänliga ögon som stint stirrade tillbaka. Butter och ovårdad som mannen var visade han alla tecken på att vara någon som kunde göra vad som helst för pengar. Säkerligen skulle denne inte ens dra sig för att mörda. Men vem i all världen tyckte så illa om honom och bar på agg av den arten att han var beredd att leja råskinn för att uppnå sitt ändamål? Ett bistert leende syntes på hans läppar när ett namn, och enbart ett, kom för honom.

Om hans misstankar stämde och det var sir Lucius

Crawley som hade lejt ett gäng skurkar för att tillfredsställa sitt behov av hämnd, ville Benedict inte att Trapp skulle bli inblandad i den oundvikliga konfrontationen. Han hade på kort tid kommit att respektera den vresige och hårt arbetande mannen. Och även om han inte tvivlade på att denne var förmögen att göra bra ifrån sig ifall de blev överfallna, hade Benedict inte för avsikt att låta det ske såvida det fanns något han kunde göra åt det.

Därför, och efter att ha hällt i sig återstoden av sin öl, bar han fram de tomma glasen mot bardisken. Trapp sneglade förvånat upp när Benedict återvände för att ställa ner enbart en sejdel på deras bord och sedan inte gjorde minsta min av att inta sin plats.

– Vad är det frågan om? Tänker du inte göra mig sällskap, grabben? undrade Trapp utan att bemöda sig om att dölja sin besvikelse.

– Nej, mr Trapp. Ett glas är mer än nog för mig, ljög han. Det var det bästa hembryggda öl han smakat på många år och i normala fall skulle han mer än gärna ha stannat kvar hela kvällen. – Jag går tillbaka och tittar till hästarna. Stanna ni kvar och njut av er öl.

Trapp försökte inte säga emot och som han också var föga sällskaplig av naturen skulle han också ha varit fullt belåten att sitta för sig själv en stund. Nu råkade han däremot titta upp i tid för att se att den främmande mannen som hade stått vid disken genast följde efter Ben från värdshuset.

Han hade inte för ett endaste ögonblick anledning att tro att Ben hade ljugit och att denne i själva verket kände mannen. Därför började han snabbt känna sig besvärad. Ett sjätte sinne sa honom att saker och ting inte stod rätt till. Han hade helt enkelt inte tyckt om den okände mannens utseende – det där *måste* vara en skurk – och det verkade vara för mycket av en tillfällighet att denne skulle ge sig av samtidigt som unge Ben.

Därför lämnade han utan att tveka sin öl och skyndade sig att följa efter. Lyckligtvis hade Ben valt att ta samma väg tillbaka till stallet som de tagit tidigare och Trapp fick snabbt syn på hans långa gestalt en bit längre fram. Olyckligtvis kunde han också se att främlingen följde efter den unge grabben och att denne snabbt minskade avståndet mellan sig själv och sitt byte.

Han ökade takten och hade precis börjat ta in på dem när det han inom sig hade fruktat hände. Två karlar dök plötsligt upp ur tomma intet och med hjälp av förföljaren slet de in Ben i en av gränderna. Gatan var livligt trafikerad och det var gott om vagnar i farten. Däremot fanns det inte många människor som gick till fots och av allt att döma var han den ende som hade sett incidenten.

Detta sporrade Trapp att skynda iväg med en hastighet som var ovanlig för en man som passerat de femtio och han nådde snabbt fram till ingången till den smala gränden. Under tiden hade Ben beslutsamt försökt freda sig från de tre kraftigt byggda männen, men just i den stunden fick ett välriktat slag honom att falla till marken.

Lite omtöcknad efter fallet var Benedict tvungen att motta en skur av sparkar och slag innan en av angriparna tack och lov slets bort från honom. Trots att det vänstra ögat snabbt svullnade igen fick han syn på sin tappre räddare ur ena ögonvrån. Denne avlevererade precis ett våldsamt slag mot skurken som hade följt efter honom från värdshuset. Anblicken fick honom att uppamma det sista av sina krafter. Han reagerade omedelbart genom att gripa tag i en stor sten intill sig på marken och smälla in den mot ett knotigt knä.

Stönande av smärta föll skurken ner på marken, alltför illa skadad för att utgöra något ytterligare hot.

Marcus hade haft rätt i sitt antagande om att faderns senast anställde hade boxats tidigare i sitt liv. Benedict var verkligen en ivrig utövare av den sporten och kunde utan någon större svårighet snabbt och effektivt ta itu med den tredje av angriparna. Han kravlade sig snabbt upp till stående och fick in ett välriktat slag som fick mannen i den mörka rocken att stupa. Därefter följde han upp det hela genom att omilt slita tag i den smutsiga näsduken om förövarens hals och dra till, vilket fick denne att flämta efter luft.

– Vem betalade dig för att döda mig? väste Benedict som utan minsta pardon höll kvar det kvävande greppet.

– Inte döda, kraxade mannen som förgäves försökte klösa undan de starka fingrarna medan han kämpade efter andan. Bara … bara klå upp dig lite grann.

– Vem var det?

– Jag svär på att jag inte har någon aning om det, goe herrn. Jag har aldrig sett honom tidigare. Han kom in på Three Ferrets för några dagar sedan och letade efter någon som kunde göra jobbet för honom.

Det skulle ha skänkt Benedict en oerhörd tillfredsställelse att strypa uslingen, men förnuftet tog över och han släppte i stället taget.

– Beskriv honom! Hur såg han ut?

– En lång och gänglig karl i svarta kläder.

Den beskrivningen passade inte in på sir Lucius, men å andra sidan skulle Crawley förmodligen inte ha lejt skurkarna på egen hand, erinrade han sig om.

– En tjänare?

– Ja. Han såg ut på det viset tyckte jag. Råskinnet höjde handen mot halsen men gjorde klokt nog ingen ansats till att smita. – Han sa var vi kunde hitta er och beskrev er också ordentligt. Ni förstår, han ville ha någon som skuggade er. Sedan, när tidpunkten var den rätta, skulle vi ge er ett kok stryk. Men vi fick inte vänta alltför länge om vi ville ha resten av pengarna. Någon ville få jobbet snabbt utfört.

Trots att läpparna hade svullnat och blödde lyckades Benedict pressa fram ett snett leende när han lyfte upp fången till stående med ett grepp om slagen på den nötta rocken.

– Nå väl, det verkar som om du fick vad du förtjänade, din skurk

Mannen såg förbryllad ut och misstänksamhet och hopp i lika blandningar syntes i hans ögon. – Tänker ni inte lämna över oss till konstaplarna?

Benedict svarade inte utan såg sig i stället omkring i den övergivna gränden. Mannen med det skadade benet hade haltat iväg och fått följe av sin andre medbrottsling. Trapp hade också gått upp i rök och var utan tvekan på jakt efter dem.

– Om jag gjorde det skulle det vara omöjligt för dig att hämta resten av dina uselt förtjänade slantar, inte sant? svarade han till sist. Inte för att jag tror att du kommer att få det så lätt att inkassera dina … blodspengar.

– Ni är väl inte arg, sir? Den lille men satte skurken såg om möjligt än mer osympatisk ut när han log. Flera tänder saknades, vilket förmodligen var ett resultat av hans skändliga aktiviteter, och de återstående var svarta och trasiga. – Det är hårda tider och så gott som omöjligt att hitta jobb. En man måste ta det han kan få.

– Jobb? upprepade Benedict, utan att låta sig blidkas. Ja, och det finns de som inte bryr sig så mycket om vad de gör så länge de får sin belöning. Vilket för mig tillbaka till det jag sa lite tidigare … Är du säker på att du kommer att få resten av dina pengar?

Uttrycket i mannens ansikte tydde på att så inte var fallet. – Han sa att han skulle vara på The Three Ferrets i övermorgon. Det är nog säkrast för honom att han dyker upp!

– Tro mig, han kommer inte, försäkrade Benedict med bister tillfredsställelse. Å andra sidan ska du få dina pengar om du gör exakt vad jag säger till dig …

Följande morgon lämnade Sophia huset strax före tolv. Sedan det olycksaliga mötet med sir Lucius Crawley hade hon försäkrat sig om att inte motionera vid samma tid varje dag. På det viset hoppades hon kunna undvika ytterligare sammanstötningar med eventuella friare. Det faktum att hon hade brodern som sällskap borgade givetvis för att den tråkiga incidenten i Hyde Park inte skulle upprepas, och hon hade njutit av att rida med Marcus under de senaste dagarna.

Han kunde nämligen vara ett mycket underhållande sällskap när han bestämde sig för det. Trots det kunde hon inte förneka att hon såg fram emot att lära känna sin gåtfulle stalldräng lite bättre.

Som en följd av det blev hon därför mycket besviken över att se sin fars trofaste tjänare vänta på henne när hon klev ut. Hon krävde omedelbart att få besked om varför Ben inte skulle eskortera henne.

Om Trapp kände sig stött över denna totala avsaknad på entusiasm över hans sällskap förrådde han dock inget av det.

– Han råkade ut för ett litet … missöde tror jag att vi kan kalla det för, milady, och jag är därför nödsakad att utföra hans uppgifter.

Sophia försummade inte att lägga märke till att stallförmannen skyltade med ett blått öga. – Du verkar tydligen också ha råkat ut för något, Trapp? Vad i all världen är det som har hänt? Du ser ut att ha varit med om lite av varje. Ett slagsmål, utan tvekan.

– Ett slagsmål, milady? upprepade han och försökte framstå som en sinnebild av ren oskuld. Vad i all världen får er att tro att jag har tagit till knytnävarna? Jag är en fredlig man.

Medan hon skeptiskt höjde ett ögonbryn tillät hon mannen att hjälpa henne upp i sadeln. – Ingen som råkar höra dig läxa upp stallpojkarna på Jaffrey House skulle tro att du är en fridens man, Trapp.

Hon uppfattade inte hans frammuttrade svar, men bemödade sig inte om att be honom upprepa det. I stället krävde hon att få besked om exakt vad som hade inträffat för att Ben skulle vara oförmögen att eskortera henne denna dag.

– Åh, han var mer än villig att göra det, milady, men jag tyckte att han borde vila.

Sophia lyckades lägga band på sitt humör men det var med en kraftansträngning. – Jag väntar fortfarande på ditt svar, Trapp. Utan tvekan kommer du att ge mig det när du finner tidpunkten vara den rätta.

Den sarkastiska kommentaren gick inte förlorad på honom och han kunde inte dölja ett leende. Hans herres enda dotter påminde honom alltid om en liten terrier – hon var enveten och frågvis och släppte aldrig villigt taget när hon fick tänderna om någonting.

– Titus beslöt sig för att han inte tyckte om att få besök av en råtta i stallet och slog bakut. Olyckligtvis råkade unge Ben stå bakom honom just då. Den stackars grabben fick hoven i bröstkorgen.

Eftersom Titus, den fogligaste av hennes fars fina vagnshästar, aldrig hade så mycket som lagt öronen bakåt när han hade trakasserats av en skällande hund, fann Sophia det svårt att tro på den förklaringen.

– Och jag antar att Ben råkade smälla till dig i ögat med armbågen när han ännu raglade omkring, yr efter sparken?

– Ja, det var i stort sett så det gick till, milady, bekräftade Trapp. Den här gången uppfattade han nämligen inte det spydiga tonfallet i hennes röst.

Sophia log lite för sig själv och beslöt sig för att inte säga något mer för tillfället. På det viset lyckades hon invagga faderns tjänare i en falsk känsla av säkerhet.

Hon bibehöll på ett beundransvärt sätt sin utstrålning av likgiltighet och tog inte upp ämnet igen. Inte ens för att höra sig för om vidden av sin personlige stalldrängs skador.

Efter en ridtur i lugn takt i parken, under vilken hon då och då stannade till för att konversera med bekanta – bland dem lady Elizabeth och Robina – återvände de sålunda till Berkeley Square. Där, och fortfarande med ett mycket oskyldigt uttryck i ansiktet, gjorde hon stallförmannen sällskap till stallbacken.

– Jag skulle inte haft några svårigheter med att leda er häst, milady, informerade Trapp henne när han hjälpte henne att sitta av.

– Det vet jag, svarade hon med ett bedrägligt rart leende. Perioden av tillgjord foglighet hade vid det laget dock tagit slut. – Däremot verkar du oförmögen att tillfredsställa min nyfikenhet i fråga om den rätta anledningen till varför Ben var oförmögen att göra mig sällskap i dag.

Och innan han hann göra eller säga något för att

hindra henne hade hon redan hunnit halvvägs uppför trappan som ledde till rummet ovanför stallet.

När hon klev in såg hon Ben som låg på sin smala bädd, som i sig verkade alldeles för otillräcklig för en man av hans storlek, och bläddrade i ett gammalt nummer av *Morning Post*. Det faktum att han över huvud taget kunde läsa förvånade henne inte. Så sent som några dagar tidigare hade hon kommit till den uppfattningen att hon hade fått en personlig stalldräng som var i besittning av häpnadsväckande talanger.

Benedict var mycket medveten om att någon hade kommit in. Eftersom han fullt naturligt trodde att det var Trapp gjorde han ingen ansats att kliva upp. Inte heller sa han något, för även om Trapp började bli allt mindre tystlåten för var dag som gick kom det ännu långvariga perioder när han inte gjorde minsta ansats till att konversera. Det var först när Benedict kände den omisskännliga doften av kvinnlig parfym i rummet som han besvärade sig med att sänka tidningen och se sig omkring.

– Milady!

Glädjen över att se henne så oväntat fick honom för ett ögonblick att glömma sina skador. Ivrigt försökte han ställa sig upp och fick en plågsam påminnelse om det som hänt när flera revben stönade av protest.

Sophia skyndade genast fram till honom, lade en vänlig hand på hans breda axel och bad honom att förbli sittande. Hon skulle ha behövt vara blind för att inte se de bevis som tydde på att han hade varit i slagsmål. Det fanns ett djupt jack ovanför vänstra ögat, underläppen var sprucken och svullen och knogarna på händerna blodiga.

Hon trodde inte för ett ögonblick på att stallförmannen var den som var ansvarig för skadorna. Trapp var i och för sig besvärlig och svår att vara till lags ibland, men hon hade aldrig fått minsta vink om att han brukade ta till fysiskt våld för att försäkra sig om att arbetet skedde till hans fulla belåtenhet. Han hade vid ett par tillfällen blivit ertappad med att ge en viss arbetsskygg stallpojke på Jaffrey House en örfil – vilket var enda undantaget. Men Ben var däremot ingen lättjefull man. Med sin överlägsna fysik, för att inte nämna den fördel åldern gav honom, kunde han lätt övermanna stallförmannen.

– Vad är det som har hänt? Varsamt men beslutsamt gav hon sig den på att ta reda på sanningen. – Och var snäll och avhåll dig från att förolämpa min intelligens genom att upprepa det där struntpratet om Titus.

Vad i all världen hade den fyndige Trapp sagt henne? undrade Benedict. I samma stund hörde han också ljudet av tunga steg i trappan och önskade intensivt att stallförmannen skulle skynda på så han fick en fingervisning i hur han borde svara.

När de äntligen hade återvänt till sitt rum föregående kväll hade mr Trapp, vars arbetsmärkta händer hade varit förvånansvärt lätta, sett till båda deras skador. Benedict hade inte tvekat att anförtro sig till den man som på ett sådant ridderligt sätt hade kommit till hans hjälp.

Namnet sir Lucius Crawley hade inte betytt något för Trapp. Även om han ilsket gett uttryck för sin önskan att se den hämndlystne baroneten få det han förtjänade, hade han ändå helhjärtat hållit med Benedict om att det var bättre om så få människor som möjligt fick reda på incidenten.

I gengäld hade Benedict villigt gått med på att hålla sig ur synhåll så mycket som möjligt – åtminstone tills bevisen för konfrontationen hade börjat blekna. Deras omsorgsfullt utarbetade strategi hade däremot bestämts utan att någon av dem hade räknat med det oförutsägbara uppträdandet från den mycket beslutsamma dottern i huset.

– Jag väntar fortfarande på en förklaring, förkunnade föremålet för hans tankar och slog otåligt med piskan mot vecken i kjolen.

Benedict var inte säker på huruvida han önskade kyssa henne eller ruska om henne – eller kanske båda delarna.

Trapps ankomst var inte heller till någon större hjälp. Som svar på Benedicts frågande blick höjde han enbart händerna i en uppgiven gest, vilket visade att han hade föga erfarenhet i att tampas med oregerliga fruntimmer – åtminstone med dem som enbart hade två ben. Därför hade Benedict inte mycket till val än att ta kommandot över situationen. När han övervägt allt kom han snabbt till slutsatsen att enbart sanningen skulle duga.

Under avsevärda plågor kämpade han sig upp till stående för att slippa titta upp på henne. – Det gör mig ont att behöva tala om för er, och det på fler än ett sätt, att både mr Trapp och jag blev inblandade i ett slagsmål i går kväll.

– Det är utan tvekan en helt onödig kommentar. Så mycket framgår redan, svarade hon, inte det minsta road av hans uppenbara försök att ta lätt på saken.

Trapp, som fick för sig att det krävdes något från honom också, fick plötsligt en snilleblixt. – Vi blev överfallna av tre råskinn som förmodligen var ute efter våra pengar! Men de fick dem sannerligen inte, för unge Ben här och jag gjorde bra ifrån oss i den kamp som följde. Snart fick vi dem att springa åt alla håll som strykrädda hundar.

Bens uttryck av komisk bestörtning bidrog enbart till att få Sophia att bli än mer skeptisk. – Även om man måste förakta ett sådant beteende kan man inte låta bli att känna en viss medömkan för de stackars råskinnens svåra belägenhet, Trapp, svarade hon med en röst som var torr som fnöske. De måste verkligen ha varit desperata som valde er två till sina offer … Desperata eller urbota dumma! Hade de lyckats med sin målsättning skulle de sannerligen ha blivit besvikna över bytet. Tänk, jag hade ingen aning om att två stalldrängar som var ute och festade en kväll skulle bli tagna för att vara ett par rika män.

Trapp kastade en hjälplös blick mot sin underlydande. Om det var vägledning han var ute efter skulle han dock inte få någon. Benedict stirrade nämligen rakt på Sophia. Hans ögon glittrade av munterhet och om stallförmannen inte misstog sig fanns där också ett stänk av beundran.

– Vad var det som föranledde de där männen att anfalla er? undrade hon och riktade frågan mot honom.

– Utan tvekan var det pengar, milady, försäkrade han henne. De uslingarna hade nämligen fått betalt för att göra det.

– Men varför? Är det någon som hyser agg mot dig? Detta fann hon svårt att tro på och skulle också ha avfärdat tanken omedelbart såvida han inte hade sett så ärlig ut när han nickade. – Jag skulle vara den första att erkänna att jag inte känner dig speciellt väl. Ändå skulle jag inte för en stund ha tagit för givet att du var den sortens man som hade lätt för att skaffa dig fiender. Vet du själv vem som låg bakom överfallet på er?

Den här gången gjorde han inte minsta ansats att svara.

– Den som lejde de där männen måste förvisso haft nog med pengar för att göra det, envisades hon. Har du verkligen ingen aning om vem den skurken är?

Än en gång valde han att tiga, men plötsligt fanns det inte längre något behov för honom att göra det. I nästa stund förstod Sophia nämligen själv vem det måste ha varit och övermannades av en störtflod av motstridiga känslor. Allra först kom en svidande känsla av skam. Ingenting av det här skulle nämligen ha inträffat om hon inte hade varit barnslig nog att försöka sätta en käpp i hjulet för faderns planer att gifta bort henne med någon lämplig ung man. Som ett resultat hade nu Ben, som var helt oskyldig till allt, kommit till skada.

– Crawley, muttrade hon och ilskan vällde fram. Det måste ha varit han. Må hans svarta hjärta ruttna för det han har gjort!

– Jag törs nästan hävda att han går samma väg som alla andra en dag, svarade Benedict roat men Sophia lät sig inte avledas.

– Jag tror inte att jag klarar av att vänta så länge, förkunnade hon och beslutsamheten fick rösten att bli hård. Crawley är en otäck usling och jag ska personligen försäkra mig om att han tvingas betala ett högt pris för det han har gjort mot er två.

Det blev tyst en liten stund innan svaret infann sig.
– Låt det bero, milady.

Det var utan tvekan en order och likaså en som fick Trapp att gapa av häpnad och Sophia att titta på sin stalldräng med en blandning av ilska och förvåning. Det var uppenbart att hon inte var van vid att bli tilltalad på det sättet – åtminstone inte av en tjänare. Trots det lät Benedict sig inte avskräckas.

– Jag behöver ingen kvinna som utkämpar mina strider, fortsatte han i samma myndiga tonfall. Det är möjligt att jag för tillfället inte befinner mig i ett tillstånd att ge igen, men det är inget fel på mitt minne. Jag kommer inte att glömma sir Lucius Crawleys beteende i första taget. Under tiden vore det i bådas våra intressen att låta saken bero.

Det var lätt att tolka både vreden och oviljan i hennes ansiktsuttryck. Benedict, som betraktade henne spänt, kunde också skönja en antydan till beundran. Till slut lade han märke till det motvilliga accepterandet innan Sophia snodde runt så att kjolarna fladdrade innan hon gick tillbaka mot trappstegen.

– Som du vill, Benjamin Rudgely. Det blir som du önskar, kastade hon ur sig över ena axeln.

Därefter var hon borta utan att säga något mer och Trapp stod än en gång och gapade av häpnad. – Jag har väl aldrig sett på maken! utbrast han. Hade jag inte bevittnat det med mina egna ögon skulle jag aldrig ha trott på det. När han sneglade bort mot Ben syntes något förundrat i hans ögon. – Du är ett underverk, min pojke! Miss Sophia har alltid varit en halsstarrig jänta som velat få det som hon vill i fråga om allt … Ändå gick hon precis med på ditt förslag utan att så mycket som blinka.

– Inte riktigt, mr Trapp, svarade Benedict. Såvida jag inte misstar mig var det inget lätt beslut för henne. Han log lite när han sänkte sin värkande kropp mot sängen igen. – Det är möjligt att hon är både envis och bortskämd – men jag är övertygad om att hon kommer att hålla sitt löfte.

Sjunde kapitlet

Det förtroende Benedict hade för den unga kvinna som hade fångat hans intresse på ett sätt som ingen annan någonsin hade lyckats med var inte felplacerat. Det upptäckte han själv två dagar senare när han mottog en oväntad kallelse att gå upp till själva huset mitt på dagen.

Eftersom Trapp en halv timme tidigare hade kört ut med earlen och dennes maka i den lätta vagn som makarna använde i staden var Benedict rätt säker på vem som ville träffa honom. Han var således förberedd men trots det upptäckte han att pulsen skenade iväg när han på utsatt tid klev in i biblioteket och fick syn på skönheten med det korpsvarta håret. Hon satt vid ett skrivbord av mahogny, upptagen med att skriva ett brev.

Till hans stora besvikelse fick han inget välkomnande leende den här gången när hon bad honom slå sig ner i stolen på andra sidan skrivbordet. Trots det vägrade Benedict att känna sig modstulen. Som hon också föreföll gå helt upp i brevet hon höll på att skriva gjorde han därför inget försök att störa henne. I stället utnyttjade han tiden till att se sig om i rummet där väggarna täcktes av bokhyllor.

Till skillnad mot Trapp kände sig Benedict inte det minsta malplacerad i denna eleganta omgivning. De välfyllda hyllorna och den omisskännliga doften av skinn och fin gammal konjak förde i stället hans tankar till biblioteket på Sharnbrook. Han tvivlade inte för ett ögonblick på att hans hängivna tjänare hade tagit väl hand om huset under hans bortavaro. Utan tvekan var möblerna i de flesta rummen täckta av överdrag och han såg fram emot den dag när han kunde ge besked om att de skulle tas bort. När den stunden infann sig skulle han axla det ansvar och de plikter som han skolats för ända sedan födseln.

Tankarna återvände till nuet och han sneglade över skrivbordet igen. Den här gången upptäckte han att kvinnan som var orsaken till att han sköt upp sin egentliga återkomst till det liv som väntade hade slutat skriva och nu intensivt iakttog honom.

– Dina skador förefaller läka snabbt, påpekade Sophia, som genast sett att hans läppar inte längre var svullna. Jacket ovanför vänstra ögat syntes dock ännu rejält. – Jag tar för givet att Trapp med tanke på omständigheterna inte har tvingat dig att arbeta så mycket.

Benedict dröjde inte med att försäkra henne om att det var sant och att han enbart fått ta itu med de lättaste sysslorna i stallet.

– Å andra sidan börjar det bli långtråkigt, tillade han. Jag ser verkligen fram emot den dagen då jag får återta mina egna plikter, milady.

– I så fall får du göra mig sällskap i morgon. Min bror lämnar London i dag och dina tjänster behövs från och med nu.

Det här var som den vackraste musik i Benedicts öron. Det var inte det att han ogillade lord Angmering – tvärtom, i själva verket. Viscounten hade ofta tittat in i stallet när han besökte Berkeley Square och hans ofta syrliga anmärkningar hade aldrig undgått att roa Benedict. Däremot kunde han inte förneka att viscountens närvaro i huvudstaden hade bidragit till att fördröja hans planerade uppvaktning av earlens förtjusande dotter. Därför kunde han inte i ärlighetens namn hävda att han blev ledsen över att Marcus skulle ge sig av.

– Däremot tror jag inte att du ska ha alltför bråttom

att återta alla dina gamla sysslor, sa Sophia mjukt. Än en gång drabbades hon av skuldkänslor när hon fick syn på konturen av något som måste vara bandage under den grova bomullsskjortan. – Jag vill verkligen inte medverka till att tillfoga dig mer smärta.

Det dröjde en stund innan Benedict insåg att hon syftade på hans fysiska skador – och inte på hans nuvarande känslomässiga tillstånd – och han suckade nästan av lättnad. Han tvivlade nämligen inte för ett ögonblick på att hans dagar som earlen av Yardleys stalldräng var räknade om det blev känt att han hade allvarliga avsikter gällande husets dotter.

– Ni får inte klandra er själv för det som hände oss, milady, bad han vänligt.

Trots det vägrade hon att på detta ädla sätt bli frikänd från sin egen medverkan i det som hade skett.

– Tvärtom, Ben, replikerade hon snabbt. Felet är helt och hållet mitt. Det var jag som agerade dåraktigt när jag uppmuntrade en sådan man som Crawley. Det i sin tur resulterade i att ni blev överfallna. Hon kunde inte förhindra ett skevt litet leende. – Du måste tillåta mig att plågas av mitt dåliga samvete och sanningen att säga skäms jag verkligen över mig själv. Å andra sidan räknar jag inte för ett ögonblick med att jag, med tanke på den person jag är, kommer att lida av samvetskval under alltför lång tid till, tillade hon lätt. Ännu var hon dock omedveten om exakt hur mycket den erfarenheten hade börjat förändra hennes syn på en hel del saker.

Förändringen i hennes ansiktsuttryck syntes dock omedelbart och det fanns mer än en antydan till förbittring i den blick hon riktade mot honom.

– Självklart gjorde det mig inte bättre till mods när jag träffade på Crawley i går eftermiddag och kände mig tvungen att tala artigt med honom på grund av det löjliga löftet jag gav till dig.

– Ni talade med honom?

– Som hastigast, ja, avslöjade hon, och fann inte hans uppenbara intresse för det som konstigt. Tack och lov bjöd han däremot inte upp mig. Hon rynkade pannan. – Nu när jag tänker på det kan jag inte dra mig till minnes att över huvud taget ha sett honom dansa. Han föreföll vara helt upptagen av sina egna tankar och lämnade festen ganska tidigt.

Denna kommentar verkade roa Ben en hel del och hon frågade nyfiket hur det kom sig.

– Därför att jag har en stark misstanke om att Crawleys förströddhet helt och hållet berodde på mina små planer, erkände han. Därpå förklarade han de åtgärder han vidtagit för att försäkra sig om en passande hämnd.

Planerna mötte Sophias omedelbara gillande och det i sig bidrog till att hennes kvardröjande känslor av skuld ytterligare bleknade.

– Jag hoppas bara att de där uslingarna som överföll dig fortsätter att pressa honom på betalning. Och att de får den också!

– Jag misstänker att han i slutänden blir tvungen att gå med på deras krav – om inte för annat så för att försäkra sig om att de håller tyst. Det är möjligt att Crawley redan är ökänd och har klarat sig undan med det … Men skulle det bli känt att han inte har dragit sig för att leja brottslingar till att utföra skändliga dåd skulle han tappa ansiktet totalt. Inte minst skulle han bli brännmärkt som ynkrygg och det i sig vore en katastrof för en medlem ur societeten.

Som alltid var det han sa inget mindre än sanningen och Sophia kunde inte låta bli att undra hur det kom sig att han visste så mycket om hur det gick till inom hennes samhällsklass. Nyfikenheten tog över.

– Du upphör aldrig att förvåna mig, Ben. Du är mycket förtrogen med de regler som gäller i den fina världen. Hur kommer det sig att du vet så mycket? Har du fått den kunskapen genom att skumma igenom skvallerspalterna i tidningen, kanske?

Han skulle ha blivit mycket förvånad om hon inte förr eller senare hade nämnt det faktum att han kunde läsa. Som han därför redan var förberedd blev han inte det minsta tagen på sängen av hennes förfrågan.

– Som ni säkerligen är medveten om är mr Trapp

inte den som småpratar i onödan. Jag brukar därför fördriva tiden med att läsa.

Sophia smälte denna upplysning en liten stund. Det var ganska vanligt att tjänstefolk på högre poster lärde sig läsa och skriva men vad gällde en stalldräng var det en helt annan sak. Ändå skulle Sophia ljuga om hon sa att hon var förvånad vid vetskapen om att Ben hade tillägnat sig dessa färdigheter.

– Utan tvekan var det din gamle herre som insisterade på att du skulle lära dig det.

– Ja, det stämmer sannerligen, milady. Benedict hade inte nu heller minsta svårighet med att återgälda hennes blick. Ändå fortsatte han att finna det mycket underligt att syfta på sin framlidne far som sin förre arbetsgivare. – Han var av den tron att en man aldrig kunde hoppas på att få det bättre i livet såvida han inte fick viss utbildning.

– Mm.

Sophia betraktade honom under tystnad igen. Även om hon inte var helt tillfredsställd med förklaringen beslöt hon sig för att inte pressa honom på fler detaljer för tillfället. Därför viftade hon helt enkelt mot ett litet bord som stod i närheten av dörren.

– Du har några nummer av *Morning Post* där borta. Och om du så vill kan du titta lite i hyllorna innan du går och låna en bok om du hittar något som fångar ditt intresse.

Rörd av det generösa erbjudandet var Benedict precis på väg att framföra ett innerligt tack när dörren bakom honom öppnades. Det var familjens butler som kom in för att tala om för sin unga härskarinna att miss Perceval var på besök och nu väntade på henne i salongen.

Beskedet fick samtalet att ta slut – och åtminstone en av de två i rummet uppfylldes av en intensiv besvikelse.

Efter att ha försäkrat Ben om att han kunde ta god tid på sig för att välja något att läsa skyndade Sophia ut ur biblioteket och korsade hallen.

– Jag glömde helt bort att jag hade bjudit hit dig i dag, erkände hon villigt när hon klev in i den eleganta salongen i tid för att se sin vän ta av sig en söt puderblå sidenbahytt från de mörka lockarna.

Robina tog inte det minsta illa vid sig. – Och jag antar att du också har glömt orsaken till att du bad mig komma, kunde hon inte motstå att säga.

– Åh, nej, det har jag sannerligen inte gjort, försäkrade Sophia och log när hon hörde den retfulla tonen. Även om, och med tanke på hur allt har utvecklat sig, du skulle ha kunnat bespara dig mödan att titta in. När jag skickade iväg min inbjudan tog jag för givet att Marcus skulle vara här, men han har beslutat sig för att lämna London i dag. Du vet hurdan han är, Robina, tillade hon och gjorde en hjälplös gest med händerna.

Man vet helt enkelt inte om han är här från en dag till en annan. Olyckligtvis kan jag inte demonstrera valsen särskilt väl utan hans hjälp, såvida inte …

En tanke gick plötsligt upp för henne och hon vände sig om mot butlern som följt henne i spåren. Denne bar på en bricka innehållande fruktlikör och en assiett mandelkakor.

– Cardew, var snäll och se om Ben fortfarande är kvar i biblioteket. Om det visar sig vara fallet kan du be honom komma hit in.

Butlern gav uttryck för sitt ogillande genom att fnysa till. Han hade starka invändningar mot att de tjänare som jobbade utomhus skulle ha fri tillgång till huset. Bland dem ingick också de som bemödade sig om att snygga till sig lite innan de kom till dörren. Ändå visste han bättre än att säga emot sin herres dotter och gick följaktligen för att göra som han blev ombedd.

Även om Sophia hade pratat om sin nye stalldräng vid ett flertal tillfällen hade hon helt glömt bort att nämna hur stilig han var. Av den anledningen tappade Robina hakan en stund senare när en lång man med gyllenbrunt hår med smidiga steg klev in i rummet. Till sin fasa upptäckte hon också att det var omöjligt för henne att slita blicken från mannen.

Det var dock varken hans längd eller de breda axlarna som fångade hennes uppmärksamhet, utan det faktum att mannen, trots att han var klädd i grova arbetskläder, inte såg det minsta malplacerad ut i den eleganta omgivningen.

– Åh, bra! påpekade Sophia när hon som hastigast sneglade på boken och tidningarna han höll i. Jag ser att du har gjort ditt val. Var nu snäll och lägg dem ifrån dig en stund, Ben. Jag behöver din hjälp.

Trots att han såg lite förvånad ut skyndade han sig att lyda befallningen. – Hur kan jag stå till tjänst, milady?

Även om Sophia snabbt höll på att förlora de sista resterna av barnslig omognad återstod ännu ett okynnigt drag i hennes natur.

– Jag är säker på att en sådan beläst man som du vid något tillfälle har lärt dig att dansa.

– Dansa, milady? upprepade han och kastade en vaksam blick över rummet i riktning mot Robina.

– Ja, dansa, Ben. Du vet … den där löjliga fritidssysselsättningen som vi människor tar till när vi inte har något vettigare att göra med vår tid.

Ett kvävt skrockande bakom Sophia erinrade henne om vännens närvaro samt att hon höll på att glömma sitt sätt. Hon åtgärdade snabbt denna försummelse från sin sida genom att formellt presentera dem för varandra – precis som om Ben hade varit en gentleman som var på besök – och övertalade sedan en lätt förvirrad Robina att ta plats vid pianot.

Robina var mer än villig att lyda. Även om hon var långt ifrån lika talangfull som sin syster Frederica kunde hon ändå spela förtjänstfullt när hon blev ombedd att göra det. Å andra sidan råkade hon spela en ton fel när hon såg hur Sophia utan att förskräckas lade en maskulin hand mot sin midja medan hon höll den andra i sina smala fingrar.

Benedict var minst lika förvånad. Han hade naturligtvis hört talas om den nya dansen som snabbt vann i popularitet men hade själv aldrig prövat på stegen. Trots det var han mer än villig att lära sig – inte minst om det innebar att han kunde få lite fysisk kontakt med den kvinna som han för var dag som gick blev alltmer övertygad om skulle bli den perfekta hustrun för honom.

Sophia var inte heller lika oberörd av hans beröring som hon strävade efter att ge sken av. Hon kunde klart dra sig till minnes den kvällen under julen när Marcus, efter lite övertalning, hade bemödat sig om att lära henne dansen som vid det laget ännu ansågs otroligt oanständig av många. Ändå kunde hon inte erinra sig att hon känt sig det minsta medveten om broderns beröring när han svingat henne runt i salongen på Jaffrey House. Därför krävdes det en enorm ansträngning av henne att lägga band på sina tankar och koncentrera sig på den väntande uppgiften.

Hon upptäckte snabbt att antingen var hon en utmärkt lärare eller så var Ben en häpnadsväckande lättlärd elev. Efter ett par smärre missöden när de höll på att trampa på varandras tår snodde de snart runt i perfekt samspel över det stora rummet. Detta höll i sig ända tills Sophia av en ren olyckshändelse råkade trassla in skon under kanten på mattan. Nu var det enbart hennes partners blixtsnabba reflexer som hindrade henne från att falla. En stark arm smög sig runt hennes smala midja och under en stund hölls hon beskyddande mot en stenhård bröstkorg innan hon varsamt ställdes ner på fötter igen.

Kontakten var flyktig och hade bara varat några sekunder, men ändå pirrade det i hela hennes kropp av en mångfald olika känslor som också bidrog till att få blodet att rusa ut i ansiktet. Instinktivt backade hon ett steg och vågade sig på att snegla upp på mannen vars beröring hade ställt till med kaos inom henne. När hon gjorde det upptäckte hon dock att han inte ens tittade på henne utan att hans blick var riktad mot instrumentet i rummets ena hörn. Det var först då hon lade märke till att musiken hade upphört.

– Åh, att dansa vals tar sannerligen på krafterna! utbrast hon medan hon försökte få kontroll över sina ojämna andetag. Därefter följde hon riktningen av hans roade blick för att upptäcka att Robina, som satt med fingrarna över tangenterna, tycktes ha försjunkit i tankar. – Jag tror bestämt att vi slutar med den första lektionen nu, eller vad sägs? Jag känner mig helt utmattad.

Även om det i sig var helt sant kunde det inte förklara den plötsliga känsla av blyghet som kom över henne. Det var med en kraftansträngning hon lyckades nicka till Ben att han kunde gå innan hon korsade rummet och sjönk ner i soffan.

Robina gjorde henne sällskap i samma stund som dörren hade gått igen bakom honom. – Du verkar ha skaffat dig en fulländad stalldräng.

Den tyst framförda iakttagelsen slog inte Sophia som det minsta konstig. I själva verket skulle hon ha blivit mycket förvånad om hennes vän inte hade lagt märke till att det var något underligt med Benjamin Rudgely.

– Betydligt mer än du kan föreställa dig, höll hon med om när hon lyckats återfå större delen av sin fattning. Nu undrade hon genast över varför hon över huvud taget hade blivit så nervös till att börja med. – Varje gång jag är i hans sällskap får jag reda på något nytt om honom. Åh, det var så sent som i går som jag upptäckte att han både kan läsa och skriva.

– Milde tid! Robina gjorde inget för att dölja sin förvåning. – Ovanligt, eller vad säger du?

– Mycket, höll Sophia med om. Å andra sidan är Benjamin Rudgely sannerligen en mycket märklig man.

Efter att ha sträckt sig efter fruktlikören som stod bekvämt placerad på ett bord intill hällde hon upp i två glas. Hon gav det ena till Robina innan hon lutade sig tillbaka mot soffdynan där hon fundersamt smuttade på drycken.

– Det skulle inte förvåna mig om vi fick reda på att han var en rik mans oäkting, funderade hon högt.

Trots att Robina var dotter till en präst var hon varken naiv eller lättchockad. Hon stirrade bara tomt framför sig, som om hon inom sig målade upp bilden av ett stiligt ansikte med obestridligt aristokratiska drag. Efter en liten stund nickade hon medhåll.

– Han pratar alltid om sin förre arbetsgivare som gamle herrn, förklarade Sophia. Jag har en stark känsla av att förhållandet dem emellan var betydligt varmare än det man kan förvänta sig hos en herre och en tjänare. Trots allt, hur många människor skulle bemöda sig om att försäkra sig om att deras tjänare fick en utbildning? Jag vet att min far gjorde det för Trapp, men du måste erkänna att det är ovanligt.

Än en gång nickade vännen bifall. – Du tror alltså att den här förre arbetsgivaren lika gärna kan ha varit hans far?

– Det är sannerligen en möjlighet.

– Men du känner inte till den mannens namn?

– Nej, det gör jag inte, erkände Sophia tveklöst. Dessutom har jag inte heller för avsikt att ta reda på det. Om Ben vill att jag ska få reda på det talar han om det. Om inte så är jag säker på att han har sina skäl för att låta bli.

Robinas blick övergick från att enbart vara intresserad till att bli genomträngande inom en tidsrymd på några få sekunder.

– Du har tydligen blivit väldigt intresserad av din nye stalldräng, Sophia, påpekade hon med mild röst.

– Ja, jag antar att det stämmer.

– Jag misstänker också att du har blivit förtjust i honom.

– Ja, medgav hon eftersom hon inte såg någon anledning till att ljuga. Men som du kanske minns var jag också alltid väldigt förtjust i Clem?

– Ja, det var du ... Men du glömmer en sak. Clem var kort, ganska knubbig och sannerligen ingen Adonis medan Benjamin Rudgely ...

– ... är oerhört stilig, avslutade Sophia meningen. För första gången hörde hon en varningsklocka ringa i huvudet men vägrade envist att lyssna på den. – Ja, jag har själv också lagt märke till det, Robina. Jag är långt ifrån blind. Men om du försöker antyda att det är något oanständigt som pågår mellan ...

– Jag insinuerar sannerligen inte på något sådant, skyndade sig vännen att försäkra. Det är bara det att ... Hon tystnade och nu fanns det mer än en antydan till oro i de milda blå ögonen. – Du har aldrig varit den som bemödat dig om att dölja dina känslor. Alla känner till hur förtjust du var i Clem och ingen som bor i de fyra byarna runt klostret hade något att säga om den vänskapen. Men det här är London, Sophia, en veritabel drivbänk av skandaler och illvilligt skvaller. Om du visar samma tillgivenhet för din nye stalldräng som du gjorde för Clem vågar jag knappt föreställa mig vilka slags elaka rykten som kan börja cirkulera.

Sophia satt tyst och smälte det vännen sagt under ett litet ögonblick. Därefter sträckte hon sig efter en mandelkaka och gjorde en avfärdande gest med ena handen. Robina gjorde alltför stor sak av det, tyckte hon.

Nu visade det sig dock snart att Robina hade haft fog för sina farhågor. Innan alltför många dagar hade gått hade Sophia och hennes stilige stalldräng blivit en regelbunden syn i parken. Detta fick till följd att skvaller och spekulationer började förfölja paret.

Det fanns givetvis en hel del människor som inte såg något fel i att en ung dam och hennes stalldräng red sida vid sida, försjunkna i djup konversation. Andra däremot, och speciellt de som hade deltagit i familjen

Yardleys bal månaden innan, kunde inte låta bli att undra om det kanske hade funnits ett korn av sanning i det skvaller som då hade cirkulerat. Lady Sophia Cleeve hade trots allt inte visat någon endaste gentleman speciell uppmärksamhet sedan sin ankomst till staden. Ändå uppvisade hon nu ett skamlöst intresse för en lågt stående stalldräng!

Sophia förblev dock omedveten om de många förstulna antydningar och det elaka skvaller som utväxlades bakom ryggen på henne. Det enda hon var medveten om var att London föreföll ha blivit överbefolkat på sistone. Det var som om stadens popularitet hade fördubblats över en endaste natt.

Det spelade nämligen ingen roll vid vilken tidpunkt hon valde att ta sin dagliga ritt. Det var ändå omöjligt att finna en gata som inte kryllade av trafik eller en fläck i parken som inte fylldes av skvallrande par. Den omständigheten föranledde henne att klaga bittert för föräldrarna vid frukostbordet en morgon – lite drygt en vecka efter Marcus avresa från staden.

Earlens maka gav dottern ett förstående leende.
– Jag är rädd för att du måste vänja dig vid det, min kära. Säsongen har inletts och de flesta stannar kvar ända till slutet.

– Det förstår jag, mamma, men det verkar som om alla har bestämt sig för att flytta hit de senaste dagarna. Hon skrattade till. – I själva verket hände det här strax efter det att Marcus gav sig iväg. Det är möjligt att vi borde kalla tillbaka honom och se om hans närvaro inte kan få några att återvända till sina egendomar.

Lorden som frånvarande hade bläddrat igenom högen av korrespondens vid sin tallrik kom på sig med att skrocka till när han hörde den retsamma gliringen.

– Om någon hörde det där, flicka lilla, skulle den personen lätt kunna tro att du inte har några högre tankar om din bror, medan motsatsen i själva verket …

Han tystnade och i nästa stund antog hans ansikte en sjuklig nyans. Det fick genast hans maka att fråga hur det var ställt med honom.

– Vad? … Storögt stirrade han på henne över bordet – precis som om hon hade varit en total främling. Därefter föreföll han återhämta sig och han reste sig snabbt och samlade ihop alla brev. – Jag mår bara bra, min kära … Ja, jag mår fint. Om ni ursäktar mig ska jag läsa färdigt de här i biblioteket.

– Jag hoppas verkligen att han inte har fått dåliga nyheter, anmärkte Sophia i samma stund som lorden hade lämnat dem.

– Något var det sannerligen som störde honom, tvingades hennes mor att medge. Hon vägrade dock att spekulera över vad som kunde ha orsakat makens tillfälliga men synbara nervositet och bytte genast samtalsämne genom att uttala en förhoppning om att dotterns brev åtminstone inte innehöll något tråkigt.

– Tvärtom, försäkrade Sophia henne. Det är från Olivia Roade Burton. Jag skrev till henne i förra veckan men det verkar som om hon inte har fått mitt brev än. Hon skriver nämligen att hon anser mig vara ett riktigt odjur för att jag har glömt henne så snabbt.

– Den unga damen har sannerligen ingen rätt att kritisera någon, svarade modern kort. Inte med tanke på hur hon själv har betett sig!

Vid denna sällsynta uppvisning av dåligt humör från moderns sida kunde Sophia inte låta bli att le.

– Jag är mycket medveten om att du inte hyser några högre tankar om Olivia, mamma. Och du har nog rätt – det är möjligt att hon är lite självisk och bortskämd. Men det är å andra sidan jag också.

– Det stämmer, min kära, höll lady Cleeve med om och utan att bemöda sig om att skona dotterns känslor. Däremot är jag övertygad om att du aldrig skulle leka med en gentlemans känslor på samma vis som Olivia har gjort. I den ena stunden lovade hon att gifta sig med honom och i nästa ändrade hon sig. Och innan du rycker ut till miss Roade Burtons försvar, fortsatte hon och avbröt dotterns försök att göra just det, vill jag tala om en sak för dig. Jag trodde inte för ett endaste ögonblick på det där struntpratet som lord Ravensden lät sprida. Du vet, det där om att de aldrig hade varit officiellt trolovade och att annonsen i tidningen hade varit ett fruktansvärt misstag.

Det modern hade sagt var inget mindre än sanningen. Därför tyckte Sophia det kändes lönlöst att försöka visa upp sin vän Olivia i ett mer fördelaktigt sken genom att antyda att hon visste mer om de händelser som hade ägt rum flera månader tidigare.

– Ja, han var en gentleman ända in i det sista, mamma! nöjde hon sig med att säga. Det är kanske anledningen till att du tycker så bra om lord Ravensden och att du gladdes så otroligt när han beslöt sig för att gifta sig med Beatrice. Du har alltid föredragit Beatrice framför hennes syster … Erkänn bara!

Earlens maka bemödade sig inte ens om att neka.

– Ja, jag för min del tycker att Ravensden hade tur när Olivia beslöt sig för att rata honom.

– Det har du helt rätt i, höll Sophia med om. Jag kan inte påstå att jag tyckte om Olivias metoder, men resultatet av hennes agerande gynnade ändå alla inblandade. Dessutom, fortsatte hon med ett menande leende, kan jag inte förmå mig att tro att du klandrar Olivia för att hon vägrade gifta sig med en man som inte älskade henne.

– Kanske inte det, min kära, svarade hennes mor men vägrade att tillstå mer än det. Därefter bytte hon raskt samtalsämne genom att förhöra sig om ifall det fanns något intressant skvaller i dotterns brev.

– Inte mycket, mumlade Sophia när hon lät blicken glida över papperet. Hon nämner att byarna runt klostret ger sken av att ha övergivits. Det i sig är knappast något att förundra sig över för jag svär på att alla invånare har kommit hit till staden. Jag är säker på att jag råkade få syn på Beatrice själv i går när hon var ute och åkte med Ravensden. Likaså råder det inget tvivel om att jag har sett lord Isham, med en uppsyn som ett åskmoln, när han red i parken för någon dag sedan. Däremot kan jag inte säga att jag lade märke till huruvida India var i hans sällskap eller inte. Och givetvis känner du också till att familjen Percival till slut har anlänt.

– Ja, det visste jag. Sophias mor kunde inte undertrycka det leende som trängde fram. – Att döma av det käre Hugo sa för någon dag sedan är hans mamma inte särskilt belåten över att jag höll din bal innan hon och Hester hade kommit till London. Men han, den rare gossen, förstod till fullo mina skäl för att göra det. Med tanke på hur hektisk den sociala kalendern är skulle det ha varit så gott som omöjligt att försöka pressa in vår lilla tillställning så fort säsongen officiellt hade inletts. Vilket erinrar mig om något, fortsatte hon efter att ha tagit en stärkande klunk ur sin kaffekopp. Du har väl inte glömt bort att käre Hugo ska eskortera oss till lady Seftons soaré nästa vecka?

– Nej, det har inte fallit mig ur minnet, försäkrade dottern och log över moderns vana att alltid lägga till en ömhetsbetygelse när hon nämnde namnet på någon hon tyckte speciellt mycket om. Däremot är det en sak jag inte kan låta bli att undra över, mamma, började hon odygdigt. Hur kommer det sig att du aldrig har försökt få till stånd ett parti mellan *käre* Hugo och mig eftersom du tydligen är väldigt förtjust i honom?

Moderns ögon började glittra. – Det är exakt därför jag aldrig har gjort det, mitt barn. Jag skulle aldrig drömma om att pådyvla en sådan retfull liten flicksnärta på den käre pojken. Du skulle aldrig ge honom en lugn stund och han är alldeles för mycket gentleman för att tampas med dig på det sätt som du förtjänar.

Sophia kunde inte låta bli att skratta när hon hörde denna uppriktiga, om än inte särskilt smickrande, beskrivning av hennes natur.

– Ja, det är möjligt att du har rätt. Hugos bror vore ett betydligt bättre val.

– Det skulle han sannerligen inte vara! svarade modern raskt och rös till vid blotta tanken. Lowell är lika obetänksam som du. För att inte tala om att han är alldeles för ung. Åh nej, min kära. Du måste gifta dig med en man vars åsikter du respekterar och vars beslut du accepterar utan att ifrågasätta dem. Och jag kan försäkra dig om att ifall jag någonsin träffar en sådan person ska jag göra allt som står i min makt för att få er att bli intresserade av varandra.

Den här gången tvingades Sophia vända sin uppmärksamhet mot en inbillad fläck på motsatta väggen när visionen av en lång man med gyllenbrunt hår och intelligenta ögon osökt letade sig fram i hennes tankar. Ben hade aldrig varit sen att ge henne en mild förebråelse om hon hade sagt något som inte passade sig för en dam när de varit ute och ridit. Inte en endaste gång hade hon heller ens varit i närheten att tappa humöret över hans tillrättavisningar. Det var sannerligen underligt!

Hon blev plötsligt medveten om att modern fått något vaksamt i blicken och skyndade sig därför att ställa sig upp.

– Nå väl, utan tvekan lär jag bli glad över att få gifta mig med en sådan man … om han nu existerar. Under tiden får jag inte dröja en sekund med att besvara Olivias brev.

Eftersom hon totalt glömt bort att fadern hade sökt sin tillflykt i biblioteket klev hon in i rummet för att upptäcka att han stod vid fönstret. Med sluttande axlar och ett allvarligt uttryck i ansiktet stirrade han ut på torget och för första gången tyckte Sophia att han såg gammal ut.

Han föreföll vara helt förlorad i sina egna tankar och hon var rätt säker på att han var helt omedveten om hennes närvaro. Hon skulle precis smyga ut igen när han plötsligt krävde att få besked om vad hon ville.

– Jag är verkligen ledsen om jag störde dig, pappa.

Eftersom Sophia sällan blivit uppläxad av honom var hon lite förskräckt över att höra hans bryska tonfall. Ändå tillåt hon det inte att göra henne upprörd. Det krävdes nämligen inte mer än att man tittade på hans härjade ansikte för att förstå att han var djupt upprörd över någonting.

– Jag hade helt glömt bort att du var här. Min avsikt var att skriva ett brev men jag kan lika gärna återvända senare.

– Det behövs inte. Nu lät han enbart trött och den vanliga spänsten saknades också i hans steg när han gick fram till skrivbordet, tog upp ett papper och körde ner det i fickan. – Jag ska ändå ge mig ut en stund så du kan lika gärna stanna kvar och skriva ditt brev.

En mycket orolig Sophia flyttade sig åt ena sidan för att tillåta honom att gå förbi. Hon noterade att han var grå i ansiktet och att rynkorna var betydligt mer uttalade än vanligt. Det fick henne att erinra sig den gången för flera år sedan som han hade fått reda på att ett av hans skepp hade gått till botten under hemresan från Indien. Den gången hade hans ansikte varit allvarligt och bekymrat i flera veckors tid. Det var dock inte förlusten av ett fint skepp eller den last det burit som gjort honom så uppskakad, utan i stället tanken på alla människor som gått förlorade. Hon kunde inte låta bli att undra om en liknande katastrof hade hänt igen.

Med en tyst bön om att det inte skulle visa sig vara fallet slog hon sig ner vid hans skrivbord och förde in handen i den översta av de vänstra lådorna för att ta fram ett papper. Medan hon gjorde det råkade hon av en tillfällighet rubba locket till en liten ask.

I vanliga fall skulle hon ha rättat till locket utan att tänka mer på saken, men det hon såg fångade hennes uppmärksamhet och hon lyfte fram asken för att granska innehållet bättre.

Hon erinrade sig plötsligt att Cardew hade lagt ner ett paket intill breven vid faderns tallrik vid frukosten lite tidigare. Nu kunde hon inte låta bli att undra om det här var vad som hade funnits i det för hon var rätt säker på att hon aldrig sett den vackra asken – eller dess innehåll – tidigare. Den svarta glänsande hårlocken kunde lika gärna ha varit hennes fars. Sophia visste nämligen att lordens hår hade varit lika mörkt som hennes när han varit ung. Däremot fanns det inte minsta lilla möjlighet att ringen som låg intill någonsin hade suttit på hans hand. Det var ett utsökt hantverk – utan tvekan också gammalt – och hon märkte att ringen hade tillverkats för ett finger som var smalare än hennes eget.

Förundrad skakade Sophia på huvudet, oförmögen att förstå varför någon skulle skicka sådana saker till hennes far.

Åttonde kapitlet

Tidigt påföljande morgon, den tjugoandra april, lämnade earlen av Yardley London i hyrvagn. Detta gjorde han utan att meddela någon av familjemedlemmarna – inte ens sin maka – vart han var på väg eller vad som var orsaken till hans plötsliga avresa. Han var dock bara borta en enda natt och när han återvände var han om möjligt mer förvirrad än när han hade gett sig av.

Sophias oro tilltog oavbrutet. Allt eftersom dagarna gick föreföll fadern i allt högre grad dra sig tillbaka inom sitt skal. När de av en händelse råkade stöta på varandra i huset var det sällan han visade någon lust att konversera. I stället vistades han större delen av tiden inne på sitt bibliotek med dörren reglad mot inkräktare.

Inte en endaste gång erbjöd han dem minsta försök till förklaring till den depression som hade fått honom i sitt grepp. Eftersom varken Sophia eller hennes mor var benägna att fråga honom rakt ut, innebar det att anledningen till den drastiska förändringen hos earlen förblev ett totalt mysterium ända tills Sophia fick information från en mycket oväntad källa. Även om hon inte erbjöds någon förklaring till hans nuvarande mentala tillstånd så fick hon åtminstone reda på var lorden hade befunnit sig under sin korta frånvaro.

Där hon satt i den soliga salongen i sällskap med sin mor, beredd att ta emot morgonbesökare, blev Sophia förvånad över att se fadern kliva in i rummet med ett brev i handen.

– Cardew råkade av en händelse lägga det här bland min korrespondens, förklarade han och gav henne det innan han oväntat slog sig ner på en av stolarna.

Hans agerande fick en strimma av hopp att tändas inom Sophia. För även om han inte på minsta vis gjorde några försök att prata med dem, verkade han ändå ha lust att göra henne och modern sällskap en stund. Det hade han sannerligen undvikit den senaste tiden.

Hon sneglade som hastigast på modern som satt på soffan bredvid henne och broderade. Earlens maka gjorde inte heller något för att få i gång ett samtal. Därför beslöt sig Sophia för att följa moderns exempel. Hon bibehöll tystnaden och vände i stället uppmärksamheten mot brevet hon fått.

Hon kände genast igen handstilen och redan innan hon bröt sigillet visste hon vem avsändaren var. Efter att snabbt ha skummat igenom innehållet fick hon syn på den rad som hennes vän Olivia i sista stund hade tillfogat längst ner på arket. Där stod det att hon hade blivit mycket häpen föregående vecka över att ha sett earlen rida i riktning mot Steepwood Abbey.

– Milde tid, pappa! utbrast Sophia, som inte drog sig för att ge uttryck för sin förvåning. Vad i all världen fick dig att återvända till Jaffrey House förra veckan?

I samma stund som hon hade sagt det insåg hon sitt misstag. Earlens ansikte antog en skrämmande rödlila nyans och han reste sig så häftigt att stolen höll på att tippa.

– Vart jag än reser och vad jag än gör så är det min ensak, Sophia! svarade han bistert. Jag skulle råda dig att koncentrera dig på att hitta en lämplig make i stället för att lägga näsan i blöt i sådant som du inte har något med att göra.

Lady Cleeve dolde skickligt den upprördhet som det enligt hennes mening obehövliga utbrottet gav upphov till. I samma stund som maken hade stormat ut från rummet och smällt igen dörren bakom sig med onödigt våld sträckte hon sig över soffan för att ta dotterns hand i sin.

– Så ja, kära barn, sa hon tröstande. Se inte så ledsen ut. Din far är inte sig själv – annars skulle han aldrig ha talat till dig på det där viset.

Sophia var inte en kvinna som hade nära till tårar, men nu kunde hon inte dölja sin ängslan när hon svarade.

– Jag vet, mamma, sa hon och suckade lätt. Ändå vore det lättare att uthärda det hela om jag hade minsta aning om vad som bekymrar pappa. Till en början trodde jag att han hade mottagit tragiska nyheter om något av sina skepp. Ändå inbillar jag mig inte för ett ögonblick att det kan vara orsaken till hans djupa depression. Annars skulle han säkerligen ha anförtrott sig till oss vid det här laget.

Hennes mor nickade för att visa att hon höll med. Hon kunde inte heller förstå vad som hade orsakat den drastiska förändringen hos maken.

– Jag är rädd för att din far alltid har varit en man som föredrar att grunna i ensamhet över sina problem, min kära. Däremot brukar han inte grubbla i onödan … Därför är jag rädd för att vi måste uthärda hans humör bäst vi kan tills han kommer över sitt nuvarande sinnestillstånd, eller kanske väljer att anförtro sig till oss.

Trots att Sophia suckade på nytt höll hon motvilligt med. – Jag hoppas verkligen att vi inte blir tvungna att stå ut med den här situationen mycket längre till, mamma. Atmosfären här i huset blir alltmer spänd för var dag som går. Herregud, till och med stackars Cardew har börjat smyga förbi biblioteksdörren var gång han går genom hallen.

I samma stund klev butlern in i salongen för att kungöra att dagens första besökare hade anlänt. En stund senare trippade lady Elizabeth Perceval, med dottern i sällskap, in i rummet.

Sophia, som av någon anledning hon inte kunde sätta fingret på hade börjat bli känsligare för andras sinnesstämningar de senaste dagarna, förstod genast att det var något som störde vännen. Därför, och så fort som hennes mor hade börjat prata med lady Elizabeth, drog hon med sig Robina till fönstret och frågade rakt ut vad som var på tok.

– Jag hade ingen aning om att jag var så genomskinlig, svarade väninnan med en liten suck. Det finns inget lätt sätt att säga det här på, Sophia, och jag vet att du inte kommer att tycka om det. Ändå anser jag att du borde vara medveten om vad några få illasinnade människor säger om dig … om dig och din nye stalldräng, vill säga.

Robina märkte omedelbart att den späda kroppen, för dagen iförd en söt ljusgrön klänning, stelnade till, men tillät det inte att avskräcka henne från att säga det hon tyckte att hon måste förmedla.

– Mor och jag var inbjudna till en liten och ganska

informell tillställning i går kväll hemma hos lord Exmouth. Han och hans mor anlände till London så sent som i förra veckan och änkenåden förefaller av någon outgrundlig anledning ha fattat tycke för mig, fortsatte Robina. Hon är en förtjusande dam med en stark personlighet. Hon sprudlar av liv och är inte rädd för att säga sin åsikt. Å andra sidan är hon inte det minsta illvillig och det var hon som först nämnde det otäcka ryktet som cirkulerar om dig.

– Och exakt vad var det som lady Exmouth talade om för dig? frågade Sophia lågt efter att ha kastat en vaksam blick mot moderns håll.

Det var tyst en stund innan svaret kom. – Det har att göra med det faktum att du ända sedan ankomsten till London inte har visat att du föredrar någon speciell gentlemans sällskap. Nu finns det folk som enbart är alltför villiga att sätta tilltro till de rykten som cirkulerade den kvällen ni hade balen. De som hävdar att du i själva verket föredrar att ha sällskap av lite mer … hmm … råbarkade typer.

– Åh, nej, mumlade Sophia, och musklerna i magen knöt sig i smärtsamma knutar av ilska och bitter ånger.

För andra gången under en tidsrymd av två veckor tvingades hon nu tampas med konsekvenserna av sin egen dårskap. Det var omöjligt att förneka att hon själv bar ansvaret för det senaste skvallret. För egen del tog hon inte så illa vid sig, men hon ville sannerligen inte att ryktena skulle nå moderns öron – speciellt inte nu.

– Å andra sidan har du också gott om förespråkare, försäkrade Robina i ett försöka att dämpa väninnans uppenbara oro. Mamma avfärdade pratet med en otålig gest och sa att du hade uppfostrats till att visa hänsyn till tjänstefolket, oavsett hur lågt stående de var. En plötslig glimt i den unga kvinnans ögon skvallrade om den skämtsamma sidan hos Robina som väldigt få hade haft privilegiet att få se. – Och lord Nicholas Risely hördes säga att han inte var det minsta förvånad över att du visade din stalldräng så stor uppmärksamhet. Detta eftersom han råkade känna till att just den tjänaren var den som räddade dig från att falla under hjulen på en vagn en morgon på Bond Street.

– Sa lord Nicholas det? Hon tänkte på episoden och det började rycka lite i mungiporna. – En liten överdrift, medgav hon, men trots det kan jag inte annat än vara tacksam mot honom.

– Sanningen att säga visste jag inte om jag skulle tro på honom eller inte för jag var rätt säker på att du skulle ha talat om för mig om något sådant hade inträffat. Det glimmade till av humor i ögonen igen. – Å andra sidan hindrade det inte mig från att försäkra alla som frågade mig om händelsen att det var alldeles riktigt.

Sophia kunde känna hur den spänning som byggts upp inom henne började släppa. – Du är en god vän, Robina. En av de allra bästa, förkunnade hon bestämt vilket fick den andra kvinnan att rodna av förtjusning.

Även om det skulle ha berett henne stor glädje att visa sitt förakt för skvallret genom att strunta i ryktena om henne och bete sig som vanligt, visste Sophia att det var omöjligt för henne att göra det med tanke på modern. Earlens maka hade gjort allt för att försäkra sig om att deras vistelse i staden blev lycklig. Till och med under de sista prövande dagarna, när hon tvingats stå ut med earlens underliga beteende, hade hon fortsatt att vara en aldrig sinande källa till tröst och stöd. Det minsta Sophia kunde göra i gengäld var att försöka undvika att orsaka sin mor ytterligare bekymmer.

När hon lämnade huset tidigt den eftermiddagen för att avnjuta sin vanliga ridtur var hon därför fast besluten att uppföra sig som det passade en kvinna i hennes samhällsställning. Detta var också ett beslut som hade fattats på osjälviska grunder.

Trots det hade det varit förhastat eftersom hon helt försummat att räkna med känslorna hos den man vars sällskap hade kommit att betyda mer för henne än hon till dags dato hade insett.

Det första Benedict fick syn på i samma ögonblick som Sophia kom ut från huset var hennes spända ansiktsuttryck. Han misstänkte genast att något hade inträffat som hade gjort henne upprörd. Den lilla artiga nick hon bestod honom med när han hälsade syftade till att bekräfta hans aningar. När hon så inte brydde sig om att be honom rida jämsides, vilket varit deras vana, behövde han inte längre tvivla på att han hade rätt i fråga om sina misstankar.

Medan han grunnade över vad han kunde ha gjort eller sagt som hade gjort henne upprörd red Benedict efter henne ut från torget på diskret avstånd. Han kunde inte komma på något. I själva verket drog han sig till minnes att de hade skilts under väldigt älskvärda former efter deras ridtur föregående dag. De hade diskuterat ett antal olika ämnen – allt ifrån kriget med Frankrike till de upprörande förhållanden som Londons fattiga tvingades uthärda. Därför var han snart ganska övertygad om att han inte var ansvarig för hennes nuvarande och kylslagna humör.

Efter att ha arbetat i earlens stall under drygt en månad tyckte han sig ha fått en ganska rättvis bild av Sophia Cleeve. Och trots att han var så bedårad av henne var han sannerligen inte blind för hennes fel. Hon kunde vara störande impulsiv ibland och var alltid rättfram i sitt tal, men dessa små olater föreföll enbart förstärka hennes charm. Till råga på allt hedrade det henne att hon inte var det minsta frökenaktig och därför inte heller benägen att gnälla över minsta lilla. Som en följd av det var han tvungen att ta för givet att hon måste ha ett godtagbart skäl för att behandla honom med sådan total likgiltighet.

Han kunde inte låta bli att le när han tänkte över sin nuvarande och sannerligen inte avundsvärda situation. Hade han i verkliga livet varit en stalldräng, som vuxit upp i den rollen, skulle han förmodligen ha accepterat sin unga härskarinnas kyla utan att så mycket som blinka. Men han var en Sharnbrook och i hans ådror rann ett stolt och aristokratiskt blod. Det innebar att han inte hade för avsikt att tolerera en sådan behandling från den unga kvinnan som han hade utsett till sin hertiginna!

I samma stund som hon fick syn på den långa gestalten som dök upp vid sidan om henne blev Sophia nervös. Trots det fastnade befallningen om att han skulle hålla sig bakom henne i halsen. Hur kunde hon börja behandla den här mannen som en tjänare när hon hittills inte hade gjort det? Det var omöjligt att be honom komma ihåg sin ställning när hon själv fann det otroligt svårt att inte tänka på honom som en jämlike.

Hon kastade en blick i hans riktning och upptäckte

att de anslående blå ögonen som betraktade henne helt saknade minsta tillstymmelse till vördnad. Det innebar att hon inte kunde låta bli att undra om hon kanske hade begått ett fel genom att tillåta honom så stor frihet. Trots det var det fullt förståeligt med tanke på omständigheterna att hon hade gjort det, skyndade hon att erinra sig själv om.

Utan att egentligen ha varit medveten om det hade hon instinktivt vänt sig till Ben för att få njuta av det manliga kamratskap som hon vant sig vid, men som fadern hade förnekat henne på sistone. Det hade inte heller känts konstigt att göra det eftersom Ben var en uppmärksam lyssnare och en intressant man att konversera med. Hans skämtsamma kommentarer fick henne alltid att skratta. Underligt nog hade han och hennes far samma åsikter i fråga om mycket. Hon kunde inte låta bli att tänka att om han klädde sig som en gentleman skulle han inte ha minsta problem att smälta in på herrklubbar som White's eller Boodle's. Hon var också rätt säker på att många av de berömda societetsvärdinnorna inte skulle ha något emot att han hedrade deras elegant inredda salonger.

Tanken fick henne att skrocka och hon vände på huvudet för att se att föremålet för hennes tankar betraktade henne med förvånade ögon.

– Tack och lov för det! förkunnade han skämtsamt. Jag började befara att ni hade drabbats av dödsfall i familjen. Eller ännu värre, att jag själv hade fallit i onåd.

– Inte alls. Det skulle aldrig hända, försäkrade hon mjukt.

Hennes leende bleknade dock när de sida vid sida red in i den till trängsel fyllda parken och hon fick syn på en ökänd skvallertacka i en öppen vagn. Damen i fråga fnittrade bakom sin hand när hon tittade mot deras håll.

– Det är bara otäcka skvallertackor som lady Tockington där borta som gör mig på dåligt humör, muttrade hon. Är då hennes liv så tomt, så totalt ointressant, att hon inte har något bättre för sig än att sprida illvilliga lögner om människor?

Eftersom han alltid var noga med att hålla ett öga öppet efter gamla vänner – som även om de inte hade sett honom på drygt fem år ändå kunde tänkas se genom förklädnaden – hade Benedict under flera dagar varit medveten om att han och Sophia tilldrog sig stort intresse. Han kunde mycket väl gissa vad som sades om dem. Det bästa sättet att handskas med situationen var givetvis att strunta i det. Förr eller senare skulle de skvallerbenägna hitta nya objekt som de kunde drypa sitt gift över.

Olyckligtvis var det inte att överdriva om man hävdade att hans ställning var lite vansklig. Även om han kände sig rätt säker på att ingen hade genomskådat honom än kunde det ske när som helst. Och att bli avslöjad just nu kunde resultera i att han helt förlorade det han kämpat så hårt för att vinna.

Han lät blicken glida över mot sin blivande hustrus profil igen, för tillfället lite vanställd av ett bistert uttryck.

– Med tanke på omständigheterna vore det kanske klokt om ni ber mr Trapp agera som er eskort, milady. Åtminstone tills skvallertackorna har hittat något nytt att fästa sitt intresse på, föreslog han. Till sin förvåning såg han att hon genast nickade medhåll.

– I vanliga fall skulle jag inte bry mig det minsta om vad som sades om mig, Ben, erkände hon med ett ångerfullt leende. För sanningen är nämligen den att jag tycker om dig och jag struntar i vem som får reda på det.

Först då sneglade hon på honom, men lite för sent för att se den tillfredsställda glimten i hans ögon som medgivandet hade orsakat.

– För en gångs skull tänker jag däremot inte på mig själv. Min stackars mor har nog att bekymra sig över för stunden utan att till råga på allt också behöva höra otäcka rykten om mig.

Sophia såg hans förvånade min och utan att tveka valde hon att anförtro sig till honom.

– Min far har uppfört sig konstigt på sistone. Jag har i själva verket aldrig sett honom bete sig så underligt tidigare. Han är innesluten i sin egen lilla värld och stänger ute både mig och mamma. Om han var sjuk kunde jag förstå det och ha överseende, men jag tror inte att det är hans hälsa som är problemet.

Även om han aldrig personligen hade haft något att göra med earlen hade Benedict av Trapp fått veta att lorden var vid anmärkningsvärt god hälsa för att vara en man på sjuttio. Han kände också till lordens oväntade och korta frånvaro från staden föregående vecka. Därför föreslog han lätt att det var möjligt att något hade hänt medan earlen varit borta som bekymrade denne.

Sophia tänkte efter en stund och skakade sedan på huvudet. – Jag minns helt klart att någonting hade gjort honom upprörd redan dagen innan han for från London. Hon ryckte på axlarna. – Dessutom fick jag i morse av en händelse reda på att han varit förbi vårt hus på landet.

– Och vad tror ni att det var som föranledde det besöket? frågade Benedict, som dock inte var lika intresserad av earlens aktiviteter som han var bekymrad över Sophias sinnesfrid. Det framgick klart att hon oroade sig över fadern och minsta lilla som störde henne var av största vikt för honom.

– Han blev sedd när han red mot Steepwood Abbey, erkände hon. Man kan bara ta för givet att han hade för avsikt att besöka Sywell. Men varför pappa plötsligt skulle få för sig att göra det, och vid en sådan tidpunkt, förblir ett mysterium.

Benedict fann också det hela underligt. Sedan vaknade ett minne till liv inom honom. – Såvida jag inte minns fel nämnde ni en gång att er far hade för avsikt att försöka köpa klostret. Det är möjligt att han hade fått höra att Sywell till sist hade beslutat sig för att sälja och därför var fast besluten att lämna sitt bud före någon annan. Sywell har trots allt inga nära släktingar som han kan lämna över egendomen till.

– Det är inte helt sant, rättade hon honom med ett svagt leende. Vi får inte glömma bort markisinnan.

Benedict kom på sig med att gapa. När i all världen hade Sywell tagit det steget? Det måste ha skett någon gång under den tiden som han själv hade varit i Västindien. I vilket fall som helst var han dock mer benägen att tro att hans älskade flicka, som han redan märkt kunde vara mycket retsam ibland, skämtade med honom.

– Det är sant, försäkrade hon eftersom hon inte hade minsta svårighet med att följa hans tankegång. Han gifte sig med förvaltarens dotter – en ung kvinna som var i ungefär samma ålder som jag. Hon var ung nog för att vara markisens dotterdotter.

– Herre min skapare, mumlade han svagt och tvivlade nu inte längre på minsta ord hon sa.

– Man kan bara ta för givet att han efter att i många

år ha producerat en massa oäktingar kände sig manad att skaffa en arvtagare. Hon ryckte på axlarna. – Om han lyckades eller inte har jag däremot ingen aning om.

– Föga troligt, skulle jag vilja påstå. Om det var en arvtagare han var ute efter har han sannerligen väntat länge.

– Nå väl, jag vet inget om sådana saker, medgav hon obesvärat. Å andra sidan antar jag att du skulle kunna upplysa mig om sådant också, tillade hon när hon såg de breda axlarna skaka av undertryckt skratt.

– Det tror jag nog att jag skulle klara av. Vem vet? Det är möjligt att jag gör det den dagen som ni är gammal nog att känna till mer om dylika spörsmål.

Sådana familjära fasoner från en tjänare förtjänade en kraftfull reprimand, men i stället kom Sophia på sig med att skratta. Det var något hon inte hade gjort på åtskilliga dagar.

– Du är en oförskämde lymmel, Benjamin Rudgely, och jag förstår verkligen inte att jag står ut med dig. Det kommer att bli en stor lättnad att bli eskorterad av den respektfulle Trapp hädanefter.

Ändå kunde inget ha varit längre från sanningen och Sophia misstänkte att den långe mannen som red vid hennes sida också var medveten om det.

Kanske med undantag av fadern fanns det ingen vars sällskap hon föredrog mer än Benjamin Rudgelys. Till skillnad mot det stora flertalet gentlemän som hon träffade under kvällarna var Benjamin aldrig tråkig. Han hade inga svårigheter med att ta upp nya och intressanta ämnen som de kunde samtala om. Viktigast av allt var kanske ändå att han aldrig behövde en förklaring om hon försökte vara kvick. Han var helt enkelt en otroligt trevlig man att umgås med och förmodligen också en av de intressantaste medlemmarna av hans kön som hon någonsin hade träffat. Detta fick henne att på nytt undra över varför han jobbade med något som uppenbarligen låg vida under hans kapacitet.

När hon sneglade på honom igen kom hon på honom med att se sig omkring. De intelligenta klarblå ögonen gled över de andra besökarna i parken på ett sätt som var allt annat än respektfullt. Ja, tänkte hon, det fanns sannerligen ett stolt drag i honom. Man kunde nästan gå så långt som till att säga att han ibland betedde sig högdraget. Det var nästan som om han inte ansåg att de välburgna medlemmarna i societeten som nu strosade omkring i sina finkläder var ett dyft bättre än han själv. Det var som hon tidigare hade funderat på, om han klädde sig på annat sätt skulle han lätt smälta in i de allra elegantaste salongerna i London.

Tanken fick henne att skaka på huvudet och undra om hon inte lät sitt tycke för den här mannen fördunkla hennes omdöme. Ändå, även om Ben inte vid ett endaste tillfälle hade försökt anförtro sig till henne, kunde hon inte frigöra sig från känslan att han någon gång i ett inte alltför avlägset förflutet hade levt ett betydligt bekvämare liv än det han gjorde nu när han bodde med Trapp i rummet ovanför stallet. Hon misstänkte också starkt att han hade haft en ställning med betydligt större ansvar, en där han hade utdelat order och inte tagit emot dem. Varför i all världen hade han då accepterat ett jobb i ett stall när han var kapabel att göra betydligt mer? Berodde det helt enkelt på att han inte hade kunnat hitta ett bättre jobb sedan återkomsten till England? Vad kunde det röra sig om?

Benedict, som plötsligt vände på huvudet, fick syn på den spända blicken och missbedömde totalt orsaken bakom uttrycket.

– Om jag får ge er ett råd, milady, bör ni inte oroa er för mycket över er far. Ingen kan gå genom livet utan att drabbas av bekymmer då och då. Efter vad det låter som är earlen den sortens man som enbart anförtror sig till andra när han är beredd att göra det … och inte en sekund tidigare.

Och han är sannerligen inte den ende, beslöt Sophia, som till sin förvåning upptäckte att hennes far och mannen vid hennes sida inte var så värst olika. Det var sannerligen besynnerligt, för de kunde verkligen inte ha mycket gemensamt … Eller var det möjligt?

– Milady, när jag först började arbeta för er familj nämnde ni att jag kunde ta ledigt ibland för att besöka mina släktingar, sa han plötsligt och avbröt hennes häpna tankegång. Nu undrar jag om ni tillåter mig att hälsa på min bror lite senare i eftermiddag?

– Självklart. Jag är säker på att Trapp klarar sig utmärkt utan dig för en timme eller så. Åh, jag önskar i själva verket att jag kunde följa med dig! suckade hon. Stämningen i huset är så spänd att till och med luften känns tjock att andas. Hon skrattade plötsligt till. – Om inte min fars humör genomgår en förbättring snart kommer jag förmodligen att frestas tacka ja till näste gentleman som friar till mig! Om så bara för att få lämna Berkeley Square!

Benedict fann inte denna kommentar det minsta roande. Hans intelligenta panna misspryddes av en djup rynka när han höll in sin häst för att låta en av Sophias beundrare rida upp jämsides med henne.

Nionde kapitlet

Innan han gett sig in på det som till en början hade verkat vara en harmlös liten lek, hade Benedict kommit överens med brodern i fråga om en sak. Det var att såvida ingenting plötsligt inträffade som krävde hans uppmärksamhet så skulle bröderna minimera kontakten mellan sig.

Nicholas hade mer än gärna gått med på förslaget. Risken fanns alltid att någon observant djävul såg dem tillsammans och lyckades spåra den vaga likheten. Till och med han, som var en obotlig upptågsmakare, drog sig vid blotta tanken på att försöka förklara för alla exakt varför hans aktningsvärde bror, vars återkomst till societeten ivrigt hade inväntats under ett tag, hade förklätt sig till en vanlig stalldräng.

Därför blev han lite förvånad när dörren in till salongen öppnades den eftermiddagen och brodern mycket oväntat klev in i rummet.

– Milde tid! utbrast Nicholas bestört och förlorade genast intresset för den roman som hade ställt till med stor uppståndelse inom hans kretsar. Du tar verkligen en stor risk genom att komma hit! Tänk om någon har fått syn på dig?

– Jag var förutseende nog att inte använda mig av huvudingången, svarade Benedict. Eftersom han snabbt insåg att han skulle tvingas vänta förgäves ifall han ville ha en inbjudan, så sjönk han helt sonika ner i fåtöljen mitt emot brodern. – Det är lustigt hur snabbt man vänjer sig vid att bete sig som en tjänare. Det har nästan blivit något av en andra natur för mig vid det här laget.

– Det kan jag gott tro, svarade Nicholas och den avsmak han kände var uppenbar. Blotta tanken på att kliva in i ett hus genom tjänarnas ingång fick honom att rysa. – Uppenbarligen har nyhetens behag vad gäller att spela rollen av en enkel dräng inte klingat av än? till hälften frågade, till hälften konstaterade han.

Benedicts ansiktsuttryck avslöjade hans syn på saken redan innan han hann säga något. – Tvärtom. Jag är urled på det hela!

Broderns frustande skratt präglades av en omisskännlig triumferande ton. – Jag visste väl att det bara skulle vara en tidsfråga innan du förlorade intresset för den ljuva Sophia och började se dig om efter andra. Vem är det som har fångat din blick nu?

Det var knappast smickrande att få höra att brodern ansåg honom vara så flyktig i sina känslor, tänkte Benedict. Trots det förmådde han ändå inte bli irriterad över brodern för dennes låga tankar om honom. Skulle han vara helt ärlig måste han medge att han själv, när han varit i Nicholas ålder, hade varit något av en ansvarslös slarver som inte hade förmått vara trogen en enda kvinna under någon längre tid.

Oförmögen att undertrycka ett urskuldande leende tittade han på Nicholas. – När jag gav mig in på detta något skamliga företag ... Ja, jag sa skamliga, upprepade han när han såg broderns förvånade min. Mina anledningar för att göra det här var totalt själviska. Jag önskade få chansen att lära känna Sophia Cleeve betydligt bättre innan jag kunde gå vidare och försöka få till ett bestående förhållande. Även om jag skäms för att erkänna det har jag i det förflutna ofta fallit offer för ett sött ansikte. Det innebär dock att jag är fullt medveten om att en förälskelse är en låga som brinner klart under en viss tid, men som förr eller senare slocknar.

– Och har den korta period som du har arbetat i earlen av Yardleys stall utsläckt begärets låga helt? ville Nicholas veta när Benedict – nu med ett svårtolkat uttryck i ansiktet – tystnade för att stirra in i den tomma härden.

– Nej, det har den inte. Om någonting så brinner den klarare än någonsin tidigare … Å andra sidan har det jag känner för earlen av Yardleys dotter lite att göra med en förälskelse.

Hunnen så långt suckade han lite och ändrade besvärat ställning i stolen. Därefter höjde han blicken och mötte broderns intresserade blick.

– Jag är kär i henne, erkände han frivilligt, med en röst som även om den var känslolös ändå lät helt uppriktig. Om jag så hade letat över hela det här landet tror jag inte att jag skulle ha funnit en kvinna som passar mig bättre. Och jag kan enbart tacka försynen som försäkrade sig om att våra vägar korsades den där morgonen på Bond Street.

Det var inte ett gillande Benedict var ute efter. Han ansåg nämligen att hans val av blivande hustru var hans och ingen annans. Ändå kom han på sig med att bli lite irriterad över att se att broderns pojkaktiga anletsdrag plötsligt såg bekymrade ut.

– Det är uppenbart att du inte helhjärtat stöder mitt val, konstaterade han.

– Åh! Nej, nej. Det är inte på det viset det förhåller sig, skyndade sig Nicholas att försäkra eftersom han inte hade undgått att höra den hårda undertonen i broderns mörka röst. Jag tycker om Sophia. Hon är en fin flicka – en av de allra bästa. Under de veckor jag har känt henne har jag inte vid ett endaste tillfälle hört henne säga något illvilligt om någon annan flicka som debuterat i år. Dessutom, fortsatte han ivrigt, är hon den sortens flicka som en man kan prata med utan att alltid behöva bry sig om vad han säger.

Hon uppskattar ett gott skämt och behöver aldrig få saker och ting förklarade för sig två gånger. Det är betydligt mer än vad som kan sägas om någon av de andra små sötnosarna som hedrar staden med sin närvaro den här säsongen.

Det var sannerligen fina ord, men Benedict kunde ändå inte undgå att se att den oroliga glimten i broderns ögon kvarstod.

– Trots det hyser du fortfarande vissa förbehåll i fråga om att hon skulle passa som hertiginna, inte sant? påpekade han eftersom han läst broderns tankar med kuslig precision.

Nicholas försökte inte heller förneka det. – Nå väl, hon påminner inte det minsta om vår kära hädangångna mor, eller hur?

Eftersom deras mor redan från födseln fått lära sig att aldrig förnedra sig till att uppvisa känslor, hade hon varit en kylig och ouppnåelig kvinna. Inte en endaste gång, inte ens medan han var barn, kunde Benedict erinra sig att han fått höra ett kärleksfullt ord från sin mor. Det var inte att undra på att deras far ofta hade sökt sig tröst och värme på annat håll. Benedict hade inte heller aldrig fått någon sämre uppfattning om sin far för dennes ofta förekommande snedsteg.

– Nej, och tack och lov för det, svarade han med känsla.

– Ja, hon var ett riktigt isberg, tvingades Nicholas medge. Men ändå kan du inte förneka att hon visste vilka hennes plikter var, Ben. Det var möjligt att hon inte var allmänt omtyckt, inte ens av medlemmarna i sin egen familj, men jag törs slå vad om att du aldrig har hört sägas att hon någonsin betett sig på ett sådant sätt att hon vanärade vårt namn.

Inte för att jag tror att kära lilla Sophia heller med avsikt skulle uppföra sig på ett ovärdigt sätt, skyndade han sig att försäkra av rädsla för att han hade uttryckt sig uselt. Hon är trots allt dotter till en earl och vet mer än väl hur man ska uppföra sig. Problemet är däremot att hon inte alltid uppför sig som hon ska, käre bror. Det är allmänt känt att hon med jämna mellanrum får för sig att yttra de mest skandalösa saker.

Benedict gjorde inget försök att försvara sin blivande hertiginna. Detta berodde i sin tur på att det brodern hade sagt var med sanningen överensstämmande.

– Jag skulle vara den förste att medge att Sophia har sina fel och brister. Ja, höll han med om, hon kan vara tanklöst impulsiv ibland. Rent av störande! tillade han när han erinrade sig den lilla incidenten som inbegrep en viss samvetslös baronet. Hon tänker sig inte heller alltid för innan hon säger någonting.

Dessa tillkortakommanden var i och för sig försumbara brister, tyckte han. Som en följd av det valde han att inte dröja kvar vid dem.

– Däremot måste du komma ihåg att hon fortfarande är väldigt ung. Hon har inte ens fyllt tjugoett ännu och hon har på många sätt förblivit sin dyrkade fars bortskämda älskling. Däremot tror jag att hon långsamt börjar frigöra sig från de sista band som återstår till fadern och att hon är på god väg att lämna barndomen bakom sig.

Han tystnade för en stund för att granska de fyllda karafferna som stod frestande nära honom på ett bord. Eftersom han misstänkte att hans försumlige värd helt skulle fortsätta att glömma sina plikter hällde han helt sonika upp en stor konjak. Det var den första han smakat på under många dagar.

– Mitt liv de senaste veckorna har varit fyllt av en hel del påtvingade försakelser, erkände han efter att ha hällt i sig halva glaset och njutit av smaken. Även om jag törs påstå att min allmänna hälsa inte har blivit lidande på grund av det kommer jag inte att sörja över att återvända till min privilegierade tillvaro.

Det här var något som Nicholas utan minsta svårighet kunde förstå och han dröjde inte heller med att ge röst för sitt helhjärtade gillande.

– Nå väl, tack och lov för det! Såvitt mig anbelangar kan jag inte annat än tycka att ju fortare du gör det desto bättre. Alla dina nya kläder har levererats. De finns en trappa upp i gästrummet och väntar på dig. Jag ska ringa efter Figgins. Det tar honom inte många minuter att få dig att se ut som …

– Mitt syfte med besöket i dag var inte att återgå till mitt gamla liv, avbröt Benedict och hans röst var mjuk men ändå bestämd.

– Varför i all världen dök du då upp? Nicholas var helt oförstående vad gällde broderns agerande. – Du har precis talat om för mig att Sophia är allt du kan önska dig hos en blivande hustru. Dessutom är du uppenbarligen upp över öronen förälskad i flickan. Hur kommer det sig då att du önskar fortsätta förleda henne på det här viset?

Det dröjde en liten stund innan svaret kom. – För att jag tror att det finns en stor risk för att jag förlorar henne för alltid om jag avslöjar min rätta identitet för snabbt. De djupa rynkor som nu löpte över hans panna skvallrade tydligt om hur orolig brodern var. – Jag har haft tillräcklig erfarenhet av det täcka könet under åren för att vara säker på att Sophia Cleeve inte är helt likgiltig för mig. Däremot tvivlar jag ännu på om hennes känslor är starka nog för att klara av sanningen. Vad ska hon tycka när hon får reda på att den man hon dagligen blir alltmer förtjust i inte är mer än en uppblåst lurendrejare vars agerande under de senaste veckorna enbart har motiverats av egoistiska skäl?

Broderns häpna ansiktsuttryck fick Benedict att pressa fram ett litet leende. Därefter hällde han i sig resten av konjaken innan han fyllde på glaset igen. Han tvivlade inte för ett ögonblick på att Nicholas förvåning kom sig av broderns oförmåga att tro på att någon kvinna vid sina sinnens fulla bruk skulle överväga att vägra gifta sig med överhuvudet i den ädla familjen Risely. Det var förmodligen också sant att många inte skulle göra det, men Sophia Cleeve tillhörde den unika skara vars tillgivenhet och lojalitet man inte kunde köpa.

– För flera veckor sedan, fortsatte han eftertänksamt, och när Sophia talade om för dig att hon i största allmänhet föredrog en tjänares sällskap var det inte bara ett lättsinnigt yttrande. Hon hyser i själva verket en hel del förakt för majoriteten av sina egna likar, speciellt dem som utnyttjar sina privilegierade ställningar till förfång för dem som inte är lika lyckligt lottade.

Jag kan inte heller klandra henne för att hon känner som hon gör, fortsatte han när namn som Crawley och Sywell, samt flera andra personer, blixtrade genom huvudet på honom. Samtidigt kan jag inte låta bli att undra vad som får mig att ta för givet att jag på något sätt är överlägsen dem hon hyser föga aktning för, Nick. Trots allt … har jag kanske inte ljugit och bedragit och utnyttjat dem som är mindre lyckligt lottade än jag själv enbart för att uppnå mina själviska ändamål? Han skrattade till men det fanns inget roat över ljudet. – Enbart vad gäller egoism och inbilskhet skulle namnet Benedict Risely, den sjunde hertigen av Sharnbrook, ligga högt uppe på Sophias lista över människor värda förakt.

Han försökte skölja bort den bittra smaken från munnen med ytterligare en klunk bärnstensfärgad vätska men utan framgång.

– Mitt huvudsakliga mål under de senaste veckorna har varit att fastslå huruvida earlen av Yardleys dotter skulle bli en passande hustru till mig eller inte. Det har inte en endaste gång gått upp för mig att överväga om jag i min tur kan bli en lämplig make för henne. Det är föga troligt att hon skulle ha överseende med en sådan uppvisning av krass arrogans från min sida. Hon lär inte heller tycka om det faktum att jag oavbrutet har ljugit för henne från den första stund vi träffades.

Nicholas, som var den evige optimisten, påpekade att Sophia inte var den sortens flicka som hakade upp sig på småsaker. Hon skulle säkerligen förlåta och glömma allt så fort hon fått sammanhanget förklarat för sig.

Hans bror var däremot inte lika säker. – Det är möjligt, tillstod Ben ändå efter att ha tänkt en liten stund. En hel del kommer givetvis att bero på att jag väljer exakt rätt ögonblick för att berätta sanningen för henne. Jag kan redan nu tala om för dig, käre bror, att jag har erbjudits otaliga tillfällen att anförtro mig åt henne. Det är möjligt att Sophia är ung, men hon är sannerligen ingen dåre. Om jag inte misstar mig helt har hon redan från första början misstänkt att jag inte är den jag utger mig för att vara.

– Försöker du säga att hon misstänker att du är Sharnbrook?

Även om han var bekymrad kunde Benedict inte låta bli att le när han hörde det. – Nej, det misstänker hon sannerligen inte. I själva verket tror jag att hon är av den uppfattningen att jag är någon rik mans oäkting.

Det fick Nicholas att ge ifrån sig ett kvävt ljud. – Herregud! lyckades han till slut pressa ur sig till sin brors stora munterhet.

– Ja, de här senaste veckorna har sannerligen inte saknat sina ljusare stunder, medgav Benedict innan hans leende bleknade och han blev allvarlig igen. Men tiden är inte längre på min sida. Det sista jag vill är att Sophia får reda på min rätta identitet från något annat håll. Det är ju inte helt omöjligt att saken kommer fram, som du förstår. Olyckligtvis nog har jag tilldragit mig en del oönskad uppmärksamhet för tillfället.

Ytterligare förklaringar behövdes inte. – Åh, så du har hört talas om vad skvallertackorna säger om er båda?

– Ja, det har kommit till min kännedom. Skvallret i sig oroar mig inte nämnvärt, Nick, men det faktum att jag nu iakttas med nyfiket intresse gör det sannerligen. Förr eller senare kommer någon att känna igen mig.

Nicholas nickade, för den här gången höll han helt och fullt med brodern. – Jag träffade din gamle vän Carstairs för några dagar sedan på Piccadilly. Jag vet också med säkerhet att både Halstead och Melcham har anlänt till staden.

Det hade varit oundvikligt att flera av hans nära vänner förr eller senare skulle komma till London. Ändå hindrade det inte Benedict från att svära länge av förtrytelse.

– Om någon av dem får syn på mig är spelet över. Råkar du känna till om vår syster också har anlänt?

– Nej, och det lär hon inte heller göra om det inte bara blir för en dag eller två. Jag tror bestämt att jag nämnde för dig tidigare att vår älskade Constance helt har tappat lusten för livet i staden.

Nicholas tystnade för att grunna över deras systers häpnadsväckande böjelse för lantlivet innan han återförde tankarna till nuet. När han gjorde det upptäckte han att Benedict tycktes ha försjunkit i sin egen värld och där föreföll han helt belåten med att stanna fram till dess att han reste sig och gick några minuter senare.

När dörren hade stängts bakom besökaren stirrade Nicholas på den övergivna fåtöljen som fortfarande bar spår efter broderns muskulösa kropp. Han undrade varför han hade hedrats med det oväntade besöket.

Det var möjligt att Benedict helt enkelt hade känt behov av att prata med någon som han kunde delge sina förhoppningar och farhågor inför framtiden, tänkte han. Hans storebror hade sannerligen inte kommit enbart för att få ett samtycke vad gällde hans val av hertiginna. Så mycket var säkert!

Nej, Benedict hade bestämt sig för att han ville ha Sophia Cleeve och Nicholas trodde inte för ett ögonblick att hans bror skulle bry sig om ifall någon i familjen motsatte sig hans val. Det som föreföll störa honom för stunden var i stället tanken på att Sophia själv kanske inte ville ha honom. Kunde han verkligen ha grund för sina farhågor?

Han skulle ha varit den förste att erkänna att han inte kände flickan särskilt väl, även om han hade känt earlens dotter längre än brodern. Det var sant att de hade dansat med varandra vid ett flertal tillfällen och ibland utbytt sina åsikter i fråga om det senaste skvallret. Däremot hade de inte en endaste gång, och såvitt han kunde dra sig till minnes, konverserat om något mer meningsfullt.

Benedict hade aldrig varit förtjust i vackra men dumma flickor, erinrade han sig om. Å andra sidan gällde detsamma för blåstrumpor. Därför kunde han enbart ta för givet att den ljuvliga Sophia befann sig mitt emellan de två kategorierna.

Han sträckte sig efter högen med kort som låg på bordet och började intresserat studera de inbjudningar han fått som gällde kvällen. Säkerligen skulle hans framtida svägerska visa sig på en av dessa tillställningar. Det var möjligt att han skulle kunna ta reda på exakt vad det var hos flickan som hade fångat intresset hos en man som Benedict, som hade en sådan stor erfarenhet av kvinnor. Dessutom kunde han försöka luska ut om det verkligen fanns något skäl att ta för givet att earlens dotter skulle avfärda möjligheten att bli den nästa hertiginnan av Sharnbrook. Om så var fallet tvivlade han på att det fanns mycket han kunde göra för att ändra på situationen. Å andra sidan visste man aldrig.

Det fanns kanske inte mer än hundra gäster närvarande i den vackert inredda salongen. Det var en mycket obetydlig tillställning om man jämförde med de flera större baler som hölls samma kväll, tänkte Sophia, när hon dansade.

Till en början hade hon blivit förtjust över upptäckten att modern hade accepterat inbjudningen till lady Carlisles lilla och informella fest. Ännu gladare hade hon blivit när hon strax innan de gav sig av hade fått höra att earlen hade beslutat sig för att eskortera dem. Men så hade hon insett att faderns beslut inte härrörde sig från lusten att börja träffa andra igen, den stammade helt enkelt från en envis beslutsamhet att hålla ett öga på dotterns aktiviteter.

Även om Sophia var irriterad kunde hon inte låta bli att le för sig själv. Det hade inte tagit henne långt stund att genomskåda faderns finter. Därför kunde hon bara häpna över att hon totalt hade försummat att lägga märke till att hon blivit måltavla för en hel del illvilligt skvaller under de senaste dagarna.

Detta berodde givetvis på att varhelst hon än befann sig i Bens sällskap blev hon alltför uppslukad av allt han sa för att hinna lägga märke till något annat. Det var en stor skillnad mot nu, när hon fann det allt svårare att koncentrera sig på sin unge partners konversation samtidigt som hon var väl medveten om allt annat som pågick i närheten. Inte ens det plötsliga uppdykandet av en gäst som anlände sent undgick hennes uppmärksamhet.

Vad hade fått lord Nicholas Risely av alla människor att delta i en sådan obetydlig bjudning som den här? undrade hon, glad över att kunna låta tankarna vandra igen. Även om han inte ansågs vara ett av de rikaste bytena i *Marriage Mart* bedömdes han trots det vara ett oerhört bra parti och blev som en följd av det inbjuden överallt. Han sågs dock alltid på de mer påkostade tilldragelserna och sådana fanns det sannerligen flera av att välja bland denna kväll. Varför hade han då valt att hedra denna medelmåttiga tillställning med sin närvaro?

Nyfikenheten vaknade och som hon inte hade mycket annat att syssla med kom Sophia på sig med att iaktta honom en stund. Hon såg honom ta ett glas champagne från en bricka som betjänten bar på innan han såg sig omkring – som om han letade efter någon speciell. Deras blickar möttes och han höjde glaset i en tyst skål innan han fortsatte för att då och då stanna till och utväxla några ord med flera andra av gästerna.

Det kunde ha varit inbillning från hennes sida, men han tycktes obenägen att samtala med någon under en längre tid. I stället verkade det som om han avsiktligt navigerade sig fram mot det hörn av rummet där hennes mor stod mitt i en livligt konverserande grupp.

I samma stund som dansen tog slut skyndade sig

Sophia att återvända till sin mors sida. Det gjorde hon i tid för att höra hur denna artigt frågade Nicholas om det var troligt att de skulle få träffa hertigen av Sharnbrook i staden under säsongen.

– Inte om han har minsta förnuft, kunde Sophia inte låta bli att säga och belönades med en uppskattande blick från Nicholas.

– Hur kommer det sig att ni tycker att min bror vore dum om han anlände till London?

Hon misstänkte att han kände till svaret utan att hon behövde upplysa honom men svarade ändå.

– För att den stackars mannen inte skulle få en stunds frid och ro. Han har allt som varje äktenskapsmäklande mamma i dessa trakter letar efter och de skulle göra vad som helst för att få honom att lägga märke till just deras döttrar.

Hennes mors ögon glimmade lika klart som dotterns. – Inte varje mor, påpekade hon.

– Nej, det har du nog rätt i, höll Sophia med och gav modern en uppskattande blick. Trots det skulle de flesta anstränga sig.

Nicholas öppet värderande blick gled över från mor till dotter. – Jag kan försäkra er om att min bror inte är någon ynkrygg. Han är också rätt van vid att motta en hel del uppmärksamhet, välkommen såväl som ovälkommen. Jag är säker på att han dyker upp i London när han känner sig beredd att göra det.

Nu var det Sophia och hennes mor som utväxlade blickar innan lady Cleeve öppnade munnen. – Har jag rätt om jag tolkar det ni precis har sagt som att hertigen slutligen har anlänt till England? Likaså att ni har förunnats glädjen att träffa honom igen efter er långa separation?

Uttrycket i lord Nicholas ögon tydde på att han var irriterad på sig själv över att ha avslöjat för mycket. Ändå var han inte dum nog att försöka förneka sanningshalten i det han ofrivilligt hade råkat avslöja.

– Ja, madam, det stämmer. Jag har träffat honom, tillstod han. I själva verket mottog jag ett besök av honom så sent som i dag. I vilket fall som helst önskar han dock inte att hans återkomst till England kommer till andras kännedom än. Han behöver lite tid för att … vänja sig vid sin nya roll i livet.

– Mycket förståeligt, svarade Sophias mor innan en gammal bekantskap plötsligt dök upp vid hennes sida och krävde uppmärksamhet.

Sophia försäkrade lorden att varken hon eller hennes mor brukade förmedla skvaller. Därför skulle ingen i societeten få höra talas om att hertigen hade anlänt från någon av dem.

– Det är skönt att höra, svarade han och lät uppriktigt tacksam. Benedict behöver verkligen tid på sig för att anpassa sig. Han höjde glaset till läpparna och tömde resten av champagnen i en enda klunk. – En sak är säker. Han är inte samme person som reste till Västindien för fem år sedan.

– På vilket sätt har han förändrats? frågade Sophia, mer av artighet än av verkligt intresse.

– På alla möjliga vis, förvånade han henne med att avslöja. Innan han lämnade England ansågs han vara en av de ledande vad gällde modet. Han skrockade. – Tittar man på honom i dag kan man sannerligen inte tro det. Han förefaller inte bry sig det minsta om sin hälsa heller. Kan ni tänka er att han under sin första dag i staden gav sig in i slumkvarteren för att utforska dem?

Denna sista kommentar lyckades fånga Sophias uppmärksamhet. – Vad i all världen fick honom att göra det?

Mannen ryckte på axlarna. – Nyfikenhet, skulle jag tro. Jag minns att han var helt förskräckt över det han hade sett. Han sa att våra slavar har det betydligt bättre än de stackare som bor i East End.

– Ja, svarade hon mjukt och med mer än en antydan till ogillande i rösten. Jag hade glömt att ni ägde en plantage.

– Det skulle vi inte göra om Benedict fick som han ville, avslöjade lorden, och lade genast märke till att hennes uttryck förändrades. Min bror är av den uppfattningen att ingen man har rätt att äga en annan medmänniska. Fick han som han önskade skulle han släppa slavarna fria i morgon dag, men han fruktar konsekvenserna av ett sådant handlande. De sitter på en krutdurk där borta. Om han frigör slavarna skulle det utan tvekan leda till oroligheter på andra plantager och det vill inte Benedict orsaka. Han stöder abolitionisterna och tror att det bara är en tidsfråga innan man upphör med sådana omänskliga vanor som att äga slavar.

Sophia kom på sig med att dela Nicholas ädle brors förhoppningar, medan hon samtidigt erinrade sig något som hennes stalldräng hade talat om för henne så sent som dagen innan.

– Ni är för snabb med att fördöma er egen klass, milady, fortsatte han. Det finns goda och usla människor inom varje samhällsklass. Det enda ni behöver göra är att öppna era ögon och öron och upptäcka det på egen hand.

Hon nickade. – Ni har nog rätt. Jag skulle mycket gärna vilja träffa er bror, lord Nicholas. Jag tror nämligen att vi snabbt skulle upptäcka att vi har mycket gemensamt.

Det var tyst en stund innan han svarade. – Jag tror nog inte att det ska bli några svårigheter med att arrangera det.

Eftersom hon misstänkte att lorden, av skäl som enbart han kände till, hade för avsikt att stanna kvar vid hennes sida en stund till tog Sophia tillfället i akt att tacka honom för att han så ridderligt kommit till hennes undsättning genom att försöka avleda det dumma skvaller som för tillfället cirkulerade om henne.

– Jag måste verkligen säga att det förvånar mig när man inte ens längre får samtala med sin egen stalldräng utan att någon idiot startar dumma rykten.

– Bry er inte om det, min kära. Jag kan inte erinra mig exakt vad jag sa just nu, eller till vem, men jag vill dra mig till minnes att jag hörde några giftiga kommentarer.

– Det har jag fått besked om från en säker källa och jag är verkligen tacksam, svarade hon. Därefter bytte hon åter samtalsämne genom att erkänna hur förvånad hon blivit lite tidigare när hon sett honom anlända.

För ett ögonblick verkade han bli svarslös men fann sig snabbt. – Varför i all världen skulle ni bli förvånad? Har ni fått för er att jag anser mig vara för fin för att bli sedd på en liten informell bjudning som den här?

Sophia lutade huvudet lite grann åt ena sidan som om hon funderade på det han sagt. – Åh, jag undrar hur jag ska svara på det … Med uppriktighet eller med utstuderad artighet?

Hans plötsliga och mycket uppskattande skratt fick mer än en i närheten att snegla åt deras håll.

– Det är alltså på det viset! utbrast han gåtfullt. Nu förstår jag och jag måste medge att det har mitt helhjärtade godkännande. Ni kommer utan tvekan att passa riktigt bra. Därefter verkade han plötsligt samla sig och bytte samtalsämne genom att fråga om hon fortfarande njöt av sin första säsong i London.

– För att vara helt uppriktig, lord Risely, har den förlorat mycket av sin tjusning på sistone, erkände hon och fick i samma stund syn på sin far som kom ut från rummet där kortspelet pågick. I själva verket finns det stunder när jag känner för att föreslå en tidig återresa till Northamptonshire, avslöjade hon.

Eftersom hennes blick fortfarande vilade på fadern såg hon inte det bekymrade uttryck som under ett obevakat ögonblick gled över lordens stiliga ansikte.

Tionde kapitlet

När earlens maka lyfte på huvudet för att kasta en blick ut genom fönstret i salongen råkade hon få syn på sin dotter som precis återvände till huset. Underligt nog smällde Sophia inte ens igen dörren efter sig.

Med tanke på omständigheterna var det verkligen synd, tänkte hon, även om hon själv inte var någon förespråkare av barnsliga känsloutbrott. Ändå kunde hon inte låta bli att tycka att dottern skulle må bra av att ge utlopp för den frustration hon för tillfället förmodligen kände över något. Eller snarare – för någon. Företrädesvis då den person som ensam var ansvarig för den obehagliga stämning som genomsyrade huset nu för tiden!

Hon vände koncentration mot sitt broderi igen och började frånvarande sy. Tankarna var som vanligt fullt sysselsatta med att grubbla över makens egendomliga uppträdande. Trots att det kunde förefalla vansinnigt var hon tvungen att medge att hon allt oftare den senast tiden hade börjat tycka att hon var gift med en total främling.

Den vänlige och tolerante man som hon hade känt under mer än tjugo års tid var borta. I hans ställe hade det trätt fram en tråkmåns med ett uruselt humör som verkade njuta av att uppträda så otrevligt som möjligt större delen av dygnet.

Oförmögen att kväva ett snett leende tänkte lady Cleeve på den glädje hon hade upplevt några dagar tidigare när earlen oväntat hade tillkännagett sin avsikt att delta vid lady Carlisles informella bjudning. Dumt nog – med tanke på hur saker och ting hade utfallit – hade hon trott att han äntligen började återhämta sig från vad det än var som hade orsakat honom sådan oro. Hon hade fått för sig att han än en gång var beredd att njuta av de otaliga glädjeämnen som London bjöd på.

Tack och lov hade hon inte invaggat sig så länge i denna tro. Redan innan de hade gett sig av till festen den kvällen hade hon insett en sak. Makens enda skäl till att avsluta sin period av självvald isolering berodde helt enkelt på att han hade för avsikt att försäkra sig om att dottern var trolovad när de återvände till Northamptonshire efter säsongens slut. Och såvida hon inte misstog sig så misstänkte hon att deras dotter också var medveten om det.

Stackars Sophia! tänkte modern och fylldes av en våg av medkännande. Det kära barnet måste sannerligen tycka att hennes liv inte tillhörde henne längre. Fadern krävde att få besked om vart hon skulle varje timme under dagen samt med vem hon skulle fara. Kvällarna var givetvis ännu värre eftersom han då inte gjorde minsta försök att dölja det faktum att han bevakade varje steg hon tog.

Han dröjde heller aldrig med att läxa upp henne om hon hade dansat mer än en dans med en gentleman som han själv ansåg vara ovärdig uppmärksamhet. Och gud nåde det stackars barnet om hon nobbade en gentleman som han tyckte om!

Lady Cleeve kunde enbart i tystnad applådera dotterns fördragsamhet, för inte en endast gång hade Sophia kommit med invändningar mot sin fars oresonliga, för att inte säga excentriska, beteende på sistone. Vilket i sig sannerligen var underligt, tänkte hon. Sophias temperament kunde inte ens av den ömmaste mor ha beskrivits som lugnt och fogligt. Redan som liten hade hon kunnat bli rasande för småsaker och hon hade aldrig dragit sig för att säga vad hon tyckte och tänkte. Ändå hade dottern inte en endaste gång visat minsta tecken på att förlora sin självbehärskning. När fadern var i närheten uppförde hon sig med föredömlig självkontroll.

Hon skakade på huvudet och undrade varför det tagit henne så lång tid att lägga märke till förändringen hos dottern. Utan tvekan hade den processen skett sedan de hade anlänt till staden. Hon trodde inte för ett ögonblick att det var hon själv som hade lyckats påverka Sophias beteende. Ändå var det någon, någonstans, som helt klart hade en mycket gynnsam effekt på flickan. Någon som höll på att förändra henne från ett ibland ostyrigt och tanklöst barn till en värdig och älskvärd ung kvinna, tänkte hon. Vem i all världen kunde det vara?

Dörren till salongen öppnades och Sophia kom in i rummet. Hon hade bytt riddräkten mot en enkel klänning i muslin. Även om hon inte såg ut att sprudla av lycka såg hon ändå förnöjd ut när hon slog sig ner i andra änden av soffan.

– Hade du en trevlig ridtur? undrade hennes mor och såg till sin förvåning hur dottern gav henne en på samma gång bestört som road blick.

– Nej, det hade jag verkligen inte, mamma. Jag skulle ljuga om jag sa att jag någonsin hade funnit Trapps sällskap speciellt stimulerande. Dessutom förefaller han bli allt fåordigare ju äldre han blir. Eller så kanske han inte alls har förändrats, tillade hon generöst och valde att hellre fria än fälla den lojale tjänaren. Anledningen kan helt enkelt vara att jag har hunnit vänja mig vid mer stimulerande sällskap på sistone.

– Jag tar för givet att du syftar på Clems ersättare. Den äldre kvinnan fokuserade uppmärksamheten på broderiet och lade därför inte märke till det vaksamma uttryck som gled över dotterns vackra anlete. – Jag har inte hört dig klaga på honom en endaste gång. Därför kan jag inte annat än tro att du tycker om honom?

– Jag har inte heller hittat något fel på honom, tillstod Sophia.

– Det gläder mig att höra. Jag måste erkänna att jag hade mina tvivel när det blev dags att ersätta Clem. Då kändes det omöjligt att hitta någon som du kunde tycka ens hälften så bra om.

– Så är det, mamma. Jag … tycker verkligen om honom. Jag tycker om Ben en hel del.

Trots att earlens maka lade märke till en viss tvekan valde hon att inte pressa dottern ytterligare.

– Jag kan inte erinra mig att jag någonsin har pratat med honom … Med undantag från att hälsa på honom de få gånger vi har behövt honom för att köra vagnen förstås. Tror du att han är nöjd med att arbeta för oss eller misstänker du att han tänker söka sig anställning någon annanstans när säsongen är över? Trots allt är det inte alla människor som tycker om att bo på landet. Han kanske föredrar att stanna kvar i staden.

Eftersom hon inte fick något svar höjde hon huvudet och lade märke till att dotterns i vanliga fall hälsosamt röda kinder hade bleknat.

– Vad nu, min kära? Är allt som det ska med din hälsa? Du ser ut som om du precis har fått en rejäl chock.

Även om Sophia med ett skratt förnekade det klingade orden falska till och med i hennes egna öron. Sanningen att säga hade hon precis känt det som om hon fått ett knytnävsslag i magen. För första gången i sitt liv upplevde hon också blind panik. Om blotta antydningen om att Ben kanske skulle få för sig att börja jobba för någon annan var nog för att få henne att känna sig fysiskt sjuk ... Hur skulle hon då känna sig när det en dag blev verkligt?

Medveten om moderns intensiva granskning vände hon på huvudet för att stirra ut genom fönstret. Hon var rädd för att hennes uttryck skulle skvallra om något hon inte ens var beredd att erkänna för sig själv.

– Milde tid! utbrast hon, lättad över att få en välgrundad orsak för att tvärt byta samtalsämne. Lord Nicholas Risely har precis anlänt till torget ... Och, ja, jag tror bestämt att han är på väg mot oss! Jag undrar verkligen varför vi hedras med ett besök av honom?

Exakt samma tanke for genom moderns huvud

också, även om hon bemödade sig om att dölja det, när butlern visade in den charmerande och sorglöse unge lorden till den soliga salongen ett par minuter senare. Även om han aldrig hade misslyckats med att få Sophia att dansa med honom när de råkade befinna sig på samma tillställning, hade lady Cleeve aldrig betraktat honom som en allvarlig aspirant till dotterns hand. Hon tvivlade också på att han önskade bli ansedd som ett lämpligt parti genom det här oväntade besöket.

– Vilken trevlig överraskning, lord Nicholas, hälsade hon och bad honom slå sig ner. Jag tror bestämt inte att jag har sett er sedan våra vägar korsades för några kvällar sedan hemma hos lady Carlisle.

– Nej, madam, det stämmer. Jag har varit borta från London de senaste dagarna och besökt en god vän, Toby Alderman. Han har … öh, bestämt sig för att hämta lite frisk luft på landet.

– Vad ni i själva verket menar är att hans fickor är tomma, inflikade Sophia.

Med sin kommentar avslöjade hon klart att även om hon hela tiden uppförde sig mer och mer värdigt, var hon ändå inte främmande för att framkasta en syrlig kommentar när hon så kände för det.

– Jag träffade honom vid ett tillfälle när vi först anlände till London. Om mitt minne inte sviker mig var han tvungen att lämna staden en kort tid därefter på grund av ett ständigt stigande berg av skulder.

– Så sant som det är sagt, milady! svarade Nicholas häpet. Han har spelat stort på sistone och lord Alderman har vägrat att betala sonsonens skulder såvida Toby inte bevisar att han är villig att bättra sig. Som en följd av det blev han utpressad till att fara ut på landet och ta hand om egendomen medan resten av familjen for på ett längre besök till Skottland. Trots det törs jag nästan påstå att han kommer att göra en tur till London då och då – enbart för att få lite omväxling från det tråkiga lantlivet.

– Innan ni förråder fler av er väns hemligheter borde jag nog påpeka att unge mr Aldermans farfar råkar vara en nära vän till min make, varnade earlens maka. Trots orden tvingades hon kämpa för att inte avslöja sin munterhet över den unge lordens oförställda avslöjanden. – Som ni säkert redan är medveten om är varken jag eller min dotter kända för att skvallra, men vi är bara människor. Det händer ibland att vi råkar försäga oss.

– Åh, bry er inte om det, madam, svarade Nicholas och gjorde en avfärdande gest med handen. Societeten har betydligt intressantare saker att skvallra om för ögonblicket. Med allt prat om lady C och hennes poet och alla spekulationer kring Den syndige markisen tvivlar jag på att det finns något större intresse för Tobys göranden.

– Ja, jag har hört ett och annat om den där boken, erkände Sophia, och drog sig till minnes något lustigt som hennes vän Robina hade avslöjat föregående kväll. Det sägs att vissa av personerna som figurerar i den är tagna ur verkliga livet.

Vad hon däremot underlät att säga inför modern var att den *käre* Hugo Perceval sades ha en framträdande plats i boken. Likaså att författarens giftiga penna inte hade gått milt fram mot honom.

– Jag vet inte om det finns någon sanning i det, men jag har också fått höra att skurken i boken baseras på ingen mindre än vår charmerande granne, tillade hon.

När modern hörde det avslöjade hon ett betydligt större intresse än annars. – Sywell …? Verkligen …? Nå väl, man kan inte förneka att den mannen med glans uppfyller innebörden av titeln.

– Ja, han sägs vara storfavorit till rollen, visste Nicholas att informera dem om. Jag kan inte erinra mig att jag någonsin har mött den gynnaren själv. Tydligen är han lite av en galen enstöring, om man får tro ryktena. Trots det, fortsatte han och ryckte lätt på axlarna, har jag alltid hävdat att livet på landet är vida överskattat. Att sitta och se hur gräset växer måste ha en ogynnsam effekt på vem som helst. Åh, ni behöver bara titta på min syster för att inse sanningen i det.

Hon har blivit lite snurrig sedan hon vände ryggen åt stadslivet – det kan man verkligen inte tvivla på.

Det i sig för mig fram till skälet för mitt besök i dag, fortsatte mannen när hans åhörare med viss framgång hade slutat fnittra. Min systers hem ligger mindre än en och en halv mil från Toby Aldermans ställe, så jag beslöt att det var säkrast att hälsa på. Utan tvekan skulle jag annars ha fått höra om det till döddagar om hon hade fått reda på att jag var i närheten utan att bemöda mig om att hälsa på henne.

Under mitt besök erinrade hon mig om att det är vår faster Tabathas födelsedag på fredag, och att jag dumt nog hade lovat att representera familjen med min närvaro. Constance själv kommer inte att ha möjlighet att vara där i år eftersom hon är på väg till Bath.

Sanningen att säga glömde jag totalt bort allt i fråga om tillställningen och jag var också dum nog att erbjuda mig att ta med några vänner som kunde stanna över natten och hjälpa till att fira tilldragelsen. Jag har grunnat en hel del på vilka personer det vore lämpligt att fråga ända sedan jag anlände till London igen. Ett hoppfullt uttryck syntes i mannens ansikte när han tittade på Sophia. – Nu undrade jag om ni kanske vill ingå i det lilla sällskap jag tar med mig ut på landet?

Även om earlens maka var lite förvånad över lord Riselys oväntade inbjudan blev hon inte det minsta förnärmad över att hon själv inte var medbjuden. I vanliga fall skulle hon givetvis aldrig ha tillåtit sin dotter att lämna London mitt under säsongen, och det för att stanna kvar över natten hos en kvinna som var så gott som en främling för henne. Men med tanke på den spända stämning som rått i huset på sistone var hon inte beredd att omedelbart avfärda idén. Trots allt kunde en liten period på säkert avstånd från earlens allseende ögon vara skönt för dottern, tänkte hon. Därpå log hon varmt mot Nicholas.

– Som ni kanske kan föreställa er kommer den här inbjudningen som lite av en förvåning för oss båda, lord Risely, förkunnade hon medan Sophia inom sig repeterade sitt artiga avböjande. Som ni säkert också förstår lär vi behöva lite tid på oss för att tänka över saken. I vilket fall som helst måste jag redan nu påpeka att jag aldrig skulle tillåta Sophia att resa till er fasters hus utan förkläde.

– Verkligen inte, höll lorden med om. Jag är övertygad om att min faster tänker ställa sin vagn till mitt förfogande och försäkra sig om att alla unga kvinnliga gäster vid alla tillfällen står under någon äldre och klokare dams överseende.

Lady Cleeve som inte kunde finna något fel på detta arrangemang försäkrade i sin tur honom om att hon skulle skicka ett meddelande till hans bostad före dagens slut. I det skulle hon informera honom om vilket beslut de hade fattat. Sophia var minst sagt förvånad över att modern ens kunde överväga att släppa iväg henne. När lorden hade tagit farväl av dem var hon inte heller sen att ta upp saken.

– Men, mamma, du kan väl ändå inte ha glömt bort Meechams bal på fredag? Den anses vara en av de viktigaste under säsongen och den vill ingen gå miste om.

– Nej, jag hade inte glömt, min kära, svarade modern och vände uppmärksamheten mot broderiet igen. Och om du är fast besluten att gå dit måste du givetvis tacka nej till lord Nicholas.

Sophia reste sig och gick fram till fönstret i tid för att se hur deras oväntade besökare precis lämnade torget.

– Underligt att inbjudningen inte inbegrep dig också, mamma, tyckte hon och rynkade pannan en aning.

– Det tycker jag inte alls, blev svaret. Lady Tabatha Risely har rykte om sig att vara lite excentrisk. Hon bor rätt bekvämt, men om mitt minne inte sviker mig är hennes hus inte särskilt stort. Därför kan hon inte bjuda in så många människor som förväntas sova över på en och samma gång.

– Är du bekant med henne, mamma?

– Lite grann, men jag har jag inte träffat henne på flera år. Hon har fyllt sjuttio vid det här laget och såvitt jag vet kommer hon sällan in till London.

Eftersom Sophia precis hade drabbats av en fruktansvärd tanke hörde hon knappt moderns svar.

– Du tror väl ändå inte att lord Nicholas har utvecklat känslor för mig, mamma? frågade hon förskräckt. Tänk om det är det som ligger bakom den här inbjudningen! Att han vill presentera mig för sin familj.

– Skulle du ta illa vid dig om jag sa att han med största säkerhet inte har gjort det? Kvinnan gav sin dotter ett lugnande leende. – Oroa dig inte, kära barn. Han tycker bra om dig, men han är sannerligen inte kär i dig.

Sophia suckade nästan av lättnad när hon på nytt gjorde modern sällskap på soffan. – I så fall skulle jag inte ha något emot att komma bort från staden, om så bara för en natt. Det har blivit rätt varmt på sistone, nästan lite kväljande. Lite frisk luft skulle göra mig gott.

– Det var precis vad jag själv också tänkte, höll hennes mor med om. Jag ska omedelbart skicka ett meddelande till lord Nicholas.

Sophias första reaktion på den oväntade inbjudningen hade sannerligen inte varit entusiastisk. När fredagen kom, och hon stod vid fönstret i salongen och väntade på att lady Tabathas vagn skulle anlända, hade hon dock ändrat sig. Nu hade hon börjat betrakta den kommande fristen från staden som en skänk från ovan.

För var dag som gick fick hon allt svårare att acceptera förändringen i faderns personlighet. Att han jämt och ständigt envisades med att följa med dem under kvällarna hade också börjat gå henne på nerverna. Närhelst hon än vände sig om kunde hon se honom någonstans i närheten där han granskade varje reaktion hos henne när hon talade med någon av de gentlemän som visade intresse för henne. Om han hoppades på att plötsligt få se ett kärlekskrankt uttryck i hennes ansikte skulle han dock få vänta förgäves. Även om det fanns flera trevliga unga män som hon mer än gärna tillbringade tid med hade ingen oklanderligt klädd gentleman som hon glatt kunde tillbringa resten av livet med visat sig.

Och av vilken anledning hade han nu fått så bråttom att se henne gift? undrade hon när hon än en gång grunnade på den fråga som hade plågat henne de senaste dagarna. Hon kunde klart dra sig till minnes att när de först hade anlänt till staden hade earlen enbart förefallit vara fast besluten att skydda henne från lycksökare. I och för sig var det kanske vad han än också gjorde – det hade hon ingen aning om. Ändå kunde hon inte låta bli att tycka att under någon tidpunkt i det förflutna hade earlen, av skäl som enbart han kände till, utvecklat en nästan besatt lust att se henne gift, eller åtminstone trolovad, innan säsongen var över.

Hon skakade på huvudet, fortfarande oförmögen att hitta en förklaring till den drastiska förändringen hos honom. Men livet var inte enbart elände erinrade hon sig själv i nästa stund. Hon tänkte inte låta faderns oresonliga uppförande förstöra den glädje hon förvånansvärt nog ännu kände för sin första säsong i staden. Trots allt kunde hon ännu lita på sin mors osvikliga stöd. Tack och lov för det! Hon var också lyckligt lottad som hade vänner som Robina Perceval i närheten som hon kunde anförtro sig åt … Sedan hade hon givetvis Ben …

Åh, hon hade verkligen saknat honom under den senaste veckan! De hade åtminstone lyckats utväxla några ord var gång hon återvänt till stallet efter sin dagliga ritt. Hans underbara, spontana och breda leende föregick alltid några tröstande ord och han försummade aldrig att få henne att känna sig gladare till mods.

Ben fortsatte att vara övertygad om att hennes fars nuvarande och melankoliska humör inte skulle vara i all evighet. Det var svårt att sia om och Ben kunde mycket väl ha rätt, tänkte Sophia medan hon såg ett mycket flott ekipage, förspänt med två hästar, svänga in på torget. Bens omdöme hade sannerligen inte felat när han förutsett att skvallertackorna skulle glömma en ung dams förmenta besatthet i sin stalldräng så fort de fått läckrare godbitar att dregla över.

Lady Caroline Lambs skandalösa upptåg, tillsammans med andra kvinnor ur adeln, vars namn nu för tiden länkades ihop med en viss medlem ur kungahuset, hade sannerligen fått de skvallerhungrigas tungor att fladdra den senaste tiden. Inte vid ett endaste tillfälle de senaste dagarna hade Sophia lagt märke till att någon sneglade på henne. Därför var det möjligt att det nu var tryggt för henne att återuppta sina dagliga ritter med Ben så fort hon återvände till staden.

Utanför stannade vagnen precis till utanför deras hus.

Sophia hade inga problem med att känna igen den långe gestalten som hoppade ner ur det fina ekipaget så fort en tjänare hade skyndat ut från huset för att hålla i hästarna. Hennes humör gjorde dock en djupdykning när lord Nicholas en stund senare klev in i rummet och hon såg hans dystra min.

– Har festen blivit inställd? ville hon veta, eftersom hon redan hade fått för sig att det var orsaken till hans besök.

– Nej, nej. Inget i den stilen, försäkrade han henne hastigt och kastade en spänd blick över axeln mot Cardew, som likt en vakt stod kvar vid dörren. Saken är den att min fasters vagn inte har synts till än. Den borde ha anlänt för drygt en timme sedan. Den enda förklaring jag kan komma på är att de måste ha fått något fel på vagnen.

Sophia tänkte över saken en liten stund och framkastade sedan att de kunde låna hennes fars resvagn. Men lordens uttryck skvallrade om att han inte var så förtjust i förslaget och det bekräftades också av hans svar.

– Det behövs inte. Freddy Fortescue och hans syster ska ta en tur ut på landet i dag. Deras farmor bor bara ett stenkast från min faster så vi kan säkerligen åka med dem. Han drog fram sitt fickur och tittade på det. – De har förmodligen inte lämnat staden än. Med lite tur och om vi skyndar på hinner vi dit innan de åker.

Han vände sig om för att gå in i hallen – enbart för att upptäcka att vägen var blockerad av butlerns bastanta gestalt.

– Jag tror det kan vara på sin plats om jag erinrar er, milady, att er mor gav bestämda instruktioner innan hon lämnade huset, började Cardew högdraget. Det var att jag personligen skulle hjälpa in er i lady Tabathas vagn och ingen annans.

– Ja, men som du redan har hört, Cardew, har lady Tabathas vagn av ett eller annat skäl inte anlänt. Sluta därför upp med att försvåra allt genom att försena mig ytterligare. Hämta min övernattningsväska och var snäll och bär ut den i schäsen omedelbart.

– Vet ni, er butler har faktiskt rätt. Vi måste tänka på konvenansen, inflikade Nicholas, vilket förtjänade honom en gillande blick från den etikettsbundne trotjänaren. Det är helt i sin ordning att ni reser med mig till Fortescues hus … det kan ingen ha något emot. Men anta att Freddy och hans syster redan har gett sig av? Vi kan knappast jaga efter dem med er sittande bredvid mig, och utan förkläde, inte sant?

Han föreföll grubbla på problemet en liten stund innan han lyste upp. – Nu vet jag! Vi tar er stalldräng med oss. Om någon sedan ser oss lämna staden kommer det inte att ge upphov till upprördhet.

Eftersom Ben hade förväntat sig en relativt fridfull eftermiddag blev han förvånad när han blev ombedd att utan fördröjan gå upp till huset. Han visste att earlen och dennes maka i samma stund åkte omkring i staden med den pliktrogne Trapp vid tömmarna. Sophia, hade han fått höra, tillbringade eftermiddagen och kvällen ute på landet. Därför förväntade han sig inte att se henne när han korsade hörnet från stallet och blev framvinkad mot schäsen av en figur, iförd en välsydd buteljgrön rock, som han verkligen inte hade några problem med att känna igen.

Benedict blev genast misstänksam. Hans bror hade såvitt han visste aldrig visat minsta benägenhet att vara intresserad av kappkörning som vissa andra. Att stryka runt ett hörn med bara några centimeter till godo var verkligen inte Nicholas stil. Vad gjorde då hans yngre bror i ett sådant modernt ekipage som med största sannolikhet inte var hans eget? Ännu viktigare, vad gjorde den förhärdade syndaren med den blivande hertiginnan av Sharnbrook, när den älskade flickan borde ha åkt från staden för länge sedan för att avnjuta den friska lantluften? Misstankarna tilltog med häpnadsväckande fart när han upptäckte att Nicholas föreföll mycket ovillig att se honom i ögonen.

Sophia led dock inte av sådana förbehåll utan log glatt mot honom. – Du är här för att ge mig ett sken av anständighet, Ben, förklarade hon när han till slut stod intill vagnen och gav henne en frågande blick. Lord Nicholas och Cardew tycks tro att mitt rykte blir lidande om någon ser mig när jag lämnar staden i en öppen vagn. Dumt, eller vad säger du?

– Det tycker jag inte alls, svarade Benedict med den brutala uppriktighet som Sophia hade börjat vänja sig vid. Och låt mig påpeka att jag är stalldräng och inte förkläde. Dessutom, milady, borde ni inte ens överväga att lämna staden i det här ekipaget!

Under andra omständigheter skulle Cardew förmodligen ha läxat upp drängen ordentligt för att denne vågade svara sin unga härskarinna på ett sådant vanvördigt sätt. Saken var dock den att han helhjärtat höll med om det sagda och därför var det omöjligt för honom att ge mannen en reprimand.

Nicholas å andra sidan led inte av sådana förbehåll och han njöt i stora drag av att bistert beordra sin storebror att vakta sin tunga. Därefter sa han till denne på samma bryska sätt att han skulle kliva upp bak på schäsen. Han gav honom bara några sekunder att göra det innan han tog tömmarna och gav de fina grå hästarna signal att ge sig av.

Den tysta trion rullade ut från torget. Var och en av dem var försjunken i egna tankar. Ändå dröjde det inte länge förrän Benedicts nyfikenhet tog överhanden. Han tvingades svälja ner irritationen och frågade därefter vart de var på väg.

– Curzon Street, svarade Nicholas, som i hemlighet log över att höra hur ilsken brodern lät. Såvida han inte misstog sig skulle hans äldre bror mer än gärna strypa honom just nu. – Med lite tur hinner vi också dit i tid.

– I tid för vad, om jag får lov att fråga?

– Gode man, det förefaller som om ni har mage att ifrågasätta allting, svarade han och härmade på ett utmärkt sätt det högdragna ogillande som familjen Yardleys butler nyss gett uttryck för. Ni är sannerligen en oförskämd gynnare! Hunnen så långt hörde han något som lät misstänkt likt ett kvinnligt fnittrande. – Jag förstår inte att ni står ut med den mannen, lady Sophia, fortsatte han och roade sig i stora drag – trots att det förmodligen skulle stå honom dyrt om brodern lyckades hamna i enrum med honom senare. Det skulle verkligen inte jag göra. Den lymmeln skulle inte vara mer än fem minuter i mitt hushåll. Eller i något annat heller, för den delen.

– Ben är verkligen ingen vanlig man, tvingades Sophia att medge, innan hon kastade en blick över axeln för att se sin stalldräng kasta en vass blick på gentlemannen intill henne på sätet. Vi hoppas hinna i fatt några vänner till lord Nicholas innan de lämnar staden, Ben. Med dem i sällskap behöver jag inte längre dina tjänster, utan då kan du återvända till Berkeley Square.

– Vad händer om ni inte hinner dit i tid, milady?

Bens fråga var inte oresonlig, men Sophia upptäckte ändå att det var omöjligt för henne att besvara den. Därför vände hon sig mot lorden för att få vägledning.

– Åh, det blir inga problem, förkunnade Nicholas och lät mycket oberörd. Även om de redan har lämnat huset törs jag slå vad om att vi hinner upp dem långt innan de har lämnat utkanten av staden.

Olyckligtvis visade det sig inte bli fallet. Det förvånade verkligen inte Benedict det minsta, för de fina hästarna uppmanades aldrig hålla annat än en måttlig fart.

Det var givetvis möjligt att brodern hade en utmärkt anledning för att behålla en sådan låg hastighet, beslöt Ben sig för, när de till slut lämnade de sista bostäderna i London bakom sig. Ekipaget tillhörde förmodligen en av hans vänner, misstänkte han, och Nicholas var utan tvekan extra försiktigt för att försäkra sig om att varken vagnen eller hästarna kom till skada. Eller så hoppades han kanske kunna tillryggalägga många kilometer med samma djur och ville därför inte riskera att trötta ut dem. Båda förklaringarna var troliga, men ändå kunde han inte frigöra sig från den stigande övertygelsen om att brodern planerat något sattyg.

Han vände uppmärksamheten mot Sophia och insåg plötsligt att hon under de senaste kilometrarna suttit förvånansvärt tyst och nu såg rätt fundersam ut. Det var möjligt att Nicholas hade rackartyg i sinnet, men han tvivlade på att hans blivande hustru var med på det. Nej, såvida han inte misstog sig var hon lika förbryllad som han själv över det faktum att Nicholas inte hade gjort minsta försök att hinna upp sina vänner, syskonen Fortescue.

De fortsatte i samma snigelfart under ytterligare en halvtimme. Under den tiden blev de omkörda av flera vagnar, bland dem också en vagn fullastad med timmer. Därefter förkunnade Nicholas plötsligt mycket oväntat att de skulle stanna till och vände sedan skickligt in ekipaget på gården till en av skjutsstationerna längs vägen.

– Har jag tillåtelse att fråga vart vi är på väg, milady? undrade Benedict medan hans bror var fullt upptagen med att tala med en stalldräng.

– Till lady Tabatha Risely, en släkting till lorden, upplyste hon honom och utan att finna hans nyfikenhet det minsta misstänksam. Såvida vi någonsin lyckas hinna fram dit, förstås.

Inte ens genom att höja ett tjockt ögonbryn förrådde Benedict den minsta häpnad över deras avsedda destination. Däremot fann han det omöjligt att inte skrocka lite när han hörde sin älskades sarkastiska kommentar.

Sophia fann det mörka bullrande skrattet mycket tröstande och vände sig om i sätet för att titta på den man som hon aldrig hade kunnat betrakta som en tjänare.

– Jag är verkligen otroligt glad över att du är här, Ben, förklarade hon när hon skamlöst avslöjade sina tankar. Jag skulle utan tvekan känna mig besvärad till mods om inte du var med.

Ur ena ögonvrån lade hon i samma stund märke till att Nicholas försvann in på värdshuset. – Tycker du att det verkar som om lorden har försökt hinna i fatt sin väns vagn? Syskonen Fortescues tjänare försäkrade oss om att vagnen hade gett sig av mindre än en halvtimme innan vi anlände till huset. Vi borde ha hunnit upp dem för länge sedan. Det skulle vi förmodligen också ha gjort om du hade suttit vid tömmarna! En plötslig tanke slog henne. – Jag har god lust att föreslå att du tar över. Och vart har lord Nicholas tagit vägen nu! snäste hon och tillät den stigande irritationen att bubbla upp.

Något i hennes uttryck måste ha förrått hennes retsamhet, för Nicholas bad omedelbart om ursäkt för att han låtit henne vänta när han återvände.

– Jag kikade bara in för att höra om min vän Freddy redan hade passerat här.

– Det måste ha skett för så länge sedan att det förvånar mig om värdshusvärden kunde komma ihåg det, svarade hon.

Den här gången var det Nicholas som var tvungen att skärpa sig för att bibehålla sin allvarliga uppsyn och inte ge efter för det skratt som hotade att tränga fram.

– Syskonen har fina djur så det är möjligt att det var dumt av mig att försöka hinna i fatt dem, förkunnade han med en röst som vädjade till henne om förlåtelse. Därför ska jag ge upp jakten. Inte heller ska jag söla ytterligare i hopp om att vi ska stöta på faster Tabathas vagn. I stället tänker jag gottgöra för förlorad tid genom att ta en liten genväg jag känner till.

Efter att ha sagt det svängde han av vid nästa korsning.

De fortsatte flera kilometer längs en rad av smala, vindlande vägar. Vad Sophia anbelangade kunde landskapet i Surrey ha varit ett okänt land. Hon hade ingen aning om var de befann sig, inte heller visste hon åt vilket väderstreck de var på väg nu när solen hade försvunnit bakom ett tjockt molntäcke. Benedict var inte heller bekant med sträckan, för även om han hade avlagt åtskilliga besök till det hus där hans gamla ungmö till faster bodde i, hade han utan undantag färdats längs huvudvägen.

– Jag tror inte att det vore en sådan dum idé om vi stannade till ett tag för att inta lite förfriskningar, föreslog Nicholas när de nådde en sömnig liten by där en litet värdshus låg i skuggan av några träd mitt emot kyrkan. Jag har varit här tidigare och kan intyga att maten är utsökt. Det är till och med möjligt att jag kan övertalas att bjuda er oförskämde stalldräng på något att dricka, kunde han inte låta bli att tillägga innan han höll in hästarna. Han struntade i broderns höga och föraktfulla fnysning och eskorterade chevalereskt Sophia in i byggnaden.

När hans bror hade sett till hästarna och släntrade in en stund senare beslöt sig Nicholas för att han lika gärna kunde ha varit osynlig med tanke på hur liten notis de tog om honom.

Han studerade sina medresenärer över kanten på sin sejdel och för andra gången inom en tidsrymd av ett par timmar kom han på sig med att tvingas anstränga sig för att inte tappa masken. Hur brodern hade lyckats förbli anställd hela den här tiden var en gåta för honom. Benedict var nämligen inte det minsta undfallande. I själva verket och för att vara en *tjänare* var han uppseendeväckande oartig! Ändå stod det klart att Sophia inte tycktes ha något emot det.

Han skakade på huvudet. De utgjorde sannerligen ett okonventionellt par – earlens dotter och hennes guldhårige stalldräng Han tvivlade inte längre det minsta på att de inte skulle utgöra ett perfekt par – såvida inget gick på tok med hans noga utarbetade plan!

Elfte kapitlet

När det väl hände borde han ha varit förberedd. Han borde ha förväntat sig att något skulle inträffa förr eller senare. Ändå skulle Benedict ha varit den förste att erkänna att han inte hade räknat med något liknande.

I den ena stunden susade de fram längs den smala och vindlande landsvägen. Samtliga hoppades att de mot alla odds skulle hinna fram till sin destination innan den hotande mörka molnbanken, som långsamt rullade in från väster, var över dem.

I nästa stund befann de sig i diket och kunde nu se landskapet ur en helt annan vinkel. De kunde bara hjälplöst stirra på vagnshjulet som lossnat och på egen hand rullade vidare längs vägen.

Lyckligtvis blev ingen av dem skadad. En av hästarna hade däremot inte haft samma tur och hade sträckt en muskel med den påföljden att den nu haltade lite grann. Även om skadan inte var allvarlig kunde djuret inte längre förväntas dra vagnen – om nu ekipaget hade varit i körbart skick. Vilket det definitivt inte var!

Först trodde Benedict att hans yngre bror inte haft något annat val än att vidta ett sådant snabbt och drastiskt agerande för att undvika en kollision med ett mötande ekipage som färdats alldeles för snabbt på de smala vägarna. Det var först en stund senare, när Nicholas hade föreslagit att han skulle återvända till värdshuset med hästarna medan Benedict och Sophia tog skydd i den lilla stugan en bit längre ner efter vägen, som hans misstankar vaknade. Det var då han på allvar började överväga möjligheten att den olycksaliga incidenten inte hade varit den oskyldiga olycka som det först hade verkat som.

Han sneglade över axeln i tid för att se Nicholas, uppflugen på den ena hästen medan han ledde det skadade djuret, försvinna runt en kurva i vägen. De hade ändå haft tur som mött det andra ekipaget på just denna vägsträcka, kom han på sig med att tänka. Det var nämligen det enda stället på avsevärt avstånd där vägen var bred nog för att två vagnar skulle kunna mötas. Tur eller … hade det varit en del av en sinnrik plan? frågade han sig. Var det då också en tillfällighet att det råkade finnas en stuga i närheten där de kunde söka skydd? Hans ögon smalnade. Det började förefalla lite mystiskt, beslöt han sig för, när han klev in i stugan efter att ha knackat på ett par gånger utan att få svar.

Sophia, som inte hade stora erfarenheter av de levnadsförhållanden som fattiga människor måste uthärda, kastade en intresserad blick omkring sig på det enda rummet och blev imponerad.

– Det måste jag säga! Här är sannerligen rent och trevligt.

Ja, lite *för* rent och trevligt, tänkte Benedict, och misstankarna fick ny näring för var sekund som gick. Inte ens på Sharnbrook bodde arbetarna omgivna av sådan bekvämlighet. Vita linnelakan, dunkuddar och något som kändes som en tagelmadrass var inte vad man förväntade sig att hitta hos någon som bodde i en stuga. Och hur många arbetare, kom han på sig med att undra när han vände uppmärksamheten mot maten på träbordet, kunde unna sig lyxen av ett fint rödvin att skölja ner brödet och osten med? Nicholas hade sannerligen överdrivit saker och ting lite för mycket för att det skulle framstå som äkta!

Han skakade på huvudet. Utan tvekan hade dessa föremål burits hit från ett större hus i närheten, enbart för hans och Sophias bekvämlighet. Dessutom ansåg han det vara ett rätt antagande att den okände som på detta omtänksamma sätt hade sett till deras behov hade räknat med en längre vistelse.

– Vi kan lika gärna göra det bekvämt för oss medan vi väntar på lordens återkomst, föreslog Benedict, och lade lite mer ved i den eld som någon hade tänt i väntan på deras ankomst.

Han tillade inte att han skulle bli förvånad om Nicholas inte dök upp förrän nästa morgon – eller någon annan heller, för den delen. Nej, om han inte misstog sig var det meningen att han skulle dra fördel av en natt på tu man hand med Sophia.

Underligt nog hade han aldrig ens tänkt tanken på att förföra henne för att uppnå sitt mål, insåg han när han såg henne slå sig ner i gungstolen framför brasan. Men han var bara människa och hon var en mycket ljuvlig ung kvinna …

– Väntar du dig att temperaturen ska falla, Ben? undrade Sophia när han frånvarande lade mer ved i brasan. Hon flyttade gungstolen en bit längre bort från brasan. – Å andra sidan är det kanske klokt, tillade hon när de första regndropparna började rinna nerför det lilla fönstret. Lord Nicholas kommer förmodligen att vara genomblöt när han anländer till värdshuset. Stackars man.

Stackars Nicholas? upprepade Benedict tyst inom sig, oförmögen att kväva ytterligare ett besvärat leende. Skulle hon vara lika bekymrad över den unge lordens välfärd om hon började misstänka hur det låg till? Nu fanns det inte längre minsta tvivel hos honom om att Nicholas, utan tvekan med hjälp av någon nära vän som bodde i närheten, hade planerat denna eskapad in i minsta detalj.

Plötsligt drabbades han av samvetskval och det var inte längre lätt för honom att möta blicken i de förtroendefulla gröna ögonen.

– Det finns inga garantier för att lorden har möjlighet att leja ett annat ekipage, varnade han i ett försök att förbereda henne. I själva verket finner jag det föga troligt. Det ställe vi stannade till på är enbart ett litet värdshus och inte en skjutsstation. Där lär han inte ha några större framgångar.

– Det kan stämma men borde inte värdshusvärden åtminstone äga en gigg? föreslog hon efter att ha tänkt på saken en stund.

– Det är givetvis en möjlighet. Men om han är villig att hyra ut den till en främling är en helt annan sak.

Sophia gav honom en förvånad blick. – Jag tror inte att lorden är en främling för värdshusvärden eller hans hustru. Märkte du inte att de verkade vara goda vänner?

Det hade han gjort, men han önskade att Sophia inte hade upptäckt det. För nu var det uppenbart att hon förväntade sig att Nicholas skulle få all den hjälp han behövde utan minsta svårighet. Vilket förmodligen också var sant, även om Benedict starkt misstänkte att hans yngre bror redan hade fått all hjälp han behövde för att genomföra sina planer.

Medan han stirrade på en inbillad fläck på golvet började han undra över hur han på bästa sätt kunde delge henne sina misstankar. Han upptäckte dock snabbt att han inte kunde vara den som krossade den barnsliga tilltro hon hade lyckats bibehålla.

Han ville inte vara den som talade om för henne att människor som hon tyckte om och beundrade kunde uppföra sig mindre hedervärt vid vissa tillfällen. Eller att människor inte enbart var goda eller onda utan en invecklad blandning av båda egenskaperna. Hon hade hela tiden misstänkt att Nicholas med avsikt hade kört vagnen i alltför långsam takt – det visste han. Däremot skulle det aldrig gå upp för henne att för en endaste stund misstänka att olyckan som hade resulterat i att de var ensamma här hade varit något annat än ett olyckligt missöde. Det skulle aldrig gå upp för henne att allt som hade hänt sedan hon lämnat Berkeley Square hade varit noggrant planerat in i minsta detalj. Inte heller att den hedervärde unge lorden hon tyckte så mycket om aldrig hade haft minsta avsikt att ta henne till sin faster Tabithas hem.

– Jag känner inte alls till den här trakten. Gör du det, Ben?

Han tvingade sig att koncentrera sig på nuet medan han förgäves letade efter ett oroligt uttryck i hennes underbara ansikte. När hon långsamt började knyta upp banden i den fina bahytten föreföll hon dock helt oberörd av sitt dilemma. I stället accepterade hon sin lott med värdig resignation.

– Jag vet inte exakt var vi är, erkände han. Den här platsen tillhör förmodligen någon som arbetar på en större egendom i närheten. När regnet lättar lite ska jag se mig omkring och förhoppningsvis också skaffa lite hjälp.

Än en gång gjorde hon inte minsta lilla för att dölja sin förvåning. – Tror du verkligen att det är klokt? Anta att lorden anländer medan vi är borta. Ja, jag sa vi, tillade hon och log när hon såg honom höja ögonbrynen. Du tror väl inte att jag lugnt tänker stanna här på egen hand och låta dig vandra iväg till gudarna vet var?

Dessutom är det möjligt att stugägaren återvänder när du är borta. Det är omöjligt att veta vad för slags människa jag skulle tvingas ta itu med. Hon såg sig omkring som om något äntligen hade slagit henne som underligt. – En sak är säker. Den som bor här är verkligen noga med att ha det rent och städat. Är alla stugor i så här bra skick, Ben? Jag måste erkänna att jag inte vet minsta lilla om sådana saker.

– Enligt min erfarenhet är de inte det, svarade han,

och log trots det faktum att han snabbt börjat bli irriterad över att befinna sig i en situation han själv inte hade valt.

Han gick fram till fönstret. Anblicken av att regnet hade tilltagit snarare än motsatsen gjorde honom bestört. Fördömde Nicholas! tänkte han ilsket, och skulle i den stunden ha kunnat strypa den gynnaren. Detta trots att han inte för ett ögonblick tvivlade på att dennes agerande hade föranletts av broderlig kärlek.

Det fanns dock en sak som den unge dåren inte ens hade tänkt på. Det var möjligheten att Sophia inte tyckte tillräckligt mycket om hans storebror för att vilja gifta sig med honom. Ännu värre … att hon kanske föredrog att få sitt rykte förstört hellre än att vara bunden för resten av livet vid någon hon aldrig kunde respektera?

Det var en hjärtslitande möjlighet, men en som han var tvungen att ta med i beräkningen. På samma sätt som han måste medge att en liten del av honom inte sörjde för att han beviljats detta gyllene tillfälle att få det hans hjärta önskade sig mer än allt annat.

Inte heller kunde han förneka det faktum att han inte var helt ovillig att lyssna på den frestande rösten i bakhuvudet som manade honom att utnyttja situationen. Den otäcka rösten som eggade honom att förföra henne och totalt strunta i konsekvenserna!

Någon timme senare, när Ben hade tänt talgljusen på spiselkransen och de hade ätit sig mätta på den enkla men rikliga kosten, hade Sophia resignerat inför tanken på att tillbringa sin allra första natt någonsin i en enkel stuga. En del av henne var också fast besluten att njuta av den nya erfarenheten. Regnet höll på att avta men det var alldeles för mörkt för att ens överväga att göra några utflykter i hopp om att hitta ett större hus där de kunde få hjälp att nå sin destination. Förnuftig som hon var hade hon också övergett alla förhoppningar om att få träffa lorden igen förrän nästa morgon.

Hon drog till sig blicken från lågorna som dansade i härden och tittade på Ben som satt mitt emot henne på träbänken. Det kunde ha varit ren inbillning, men hon anade en spänning hos honom som inte hade funnits där när de först hade anlänt till stugan. Det var ju möjligt att han oroade sig över hennes rykte, tänkte hon, oförmögen att kväva sitt leende. Så underligt att hon själv inte var det minsta orolig. Inte en endaste gång hade hon upplevt minsta ansats till bävan under hela den händelserika eftermiddagen och kvällen. Detta berodde enbart på att just den här specielle mannen var tillsammans med henne.

Hon försökte inte ens analysera den förbluffande sanningen. I stället upprepade hon det hon precis hade tänkt på.

– Jag tror vi blir tvungna att se sanningen i vitögat, Ben. Lorden lär inte komma med hjälp i kväll utan dyker förmodligen upp tidigt i morgon bitti i stället.

Han hade precis lagt mer ved i elden, men nu hejdade han sig för att rikta en genomträngande blick mot henne. Hans ögon glittrade av känslor som var omöjliga att tolka.

– Ni förefaller inte vara det minsta ängslig. Stör det då inte er att vara ensam här med mig, Sophia?

Det som fick henne att rycka till var inte den framfusiga frågan. Hon hade nämligen under ett tidigt skede av deras bekantskap vant sig vid hans vana att gå rakt på sak. Det var i stället det faktum att han med avsikt hade tilltalat henne med förnamnet och att det hade låtit naturligt när det kommit från hans läppar.

– Nej, självklart gör det inte det, försäkrade hon och pressade fram orden genom sin mun som av någon oförklarlig anledning hade blivit besvärande torr.

Hon reste sig från stolen och gick fram till bordet där hon tog för sig av det som återstod av vinet. Hon visste att hon borde läxa upp honom för det familjära tilltalet men gjorde ändå inget åt det.

– Varför tar du för givet att jag är orolig? frågade hon i stället.

En omisskännelig och utmanande glimt syntes i de blå ögonen. – För att jag är en man … i och för sig dräng, men inte desto mindre en man som … kanske en markis eller en hertig. Och för att vi kommer att tillbringa hela natten tillsammans på tu man hand. Med en vig rörelse reste han sig från bänken och började långsamt gå fram mot henne. – Det vore kanske inte så dumt om ni unnade er lite tid att tänka över konsekvenserna.

– Konsekvenserna? upprepade hon och undrade varför hjärtat plötsligt hade beslutat sig för att slå hål på revbenen trots att hon fortfarande var helt orädd. Envist vägrade hon också att flytta sig trots att han kommit så nära att hon kunde känna hur den varma andedräkten fick de små lockarna i nacken på henne att röra sig.

– Om du föreställer dig att min far kommer efter dig viftande med en pistol eller kräver att du gör det enda ärbara behöver du inte oroa sig, försäkrade hon honom. Sophia blev själv också förvånad när hon hörde den besvikna undertonen i sin egen röst. – Hade du varit en markis däremot … nå väl, det vore en helt annan sak.

– Kanske för er far men inte för er. Hans fingrar lade sig om hennes överarmar när han varsamt men bestämt vände henne mot sig. – Ni skulle bry er om själve mannen och inte hans pengar eller sociala ställning. Den utmanande glimten i hans ögon hade ersatts av en blick så intensiv att hon fann det omöjligt att titta bort. – Men anta att er far, av vilken orsak som helst, skulle insistera på ett äktenskap mellan oss, Sophia. Skulle ni då försöka avstyra det?

Nej, aldrig! svarade hennes hjärta med sådan häftighet att hjärnan vägrade att ens försöka förneka sanningen. Det var möjligt att det var vansinne, men hon kunde inte föreställa sig någon hon hellre skulle vilja tillbringa sitt liv med än med den här långe och mystiske främlingen som hade kommit in i hennes liv. Och det hade skett så omärkligt att hon knappt varit medveten om att han hade blivit helt oumbärlig för hennes lycka. Hon älskade honom och hade redan gjort det under en tid.

Den plötsliga insikten förvånade henne inte. Hennes läppar särades men de försäkringar som hennes hjärta längtade efter att kunna ge kvävdes under den bestämda mun som plötsligt täckte hennes.

Inte minsta tanke på att göra motstånd for igenom henne, varken då eller en stund senare, när hon kände hur hon pressades ner mot madrassen. Ett kraftigt och muskulöst ben rörde sig över hennes lår för att hålla kvar den villiga fången medan hans läppar och fingrar gled över hennes kropp.

De kyska kyssar hon hade tillåtit några få hedervärda medlemmar av det motsatta könet att placera på hennes fingrar eller på kinden hade på långa vägar inte förberett henne på denna uppvisning av manlig passion. Och hennes egen reaktion var inte mindre chockerande. I stället för att göra motstånd uppmuntrade hon honom aktivt att ta sig fortsatta friheter genom att lägga sig i en ställning där han bättre kunde nå de små knapparna i hennes klänningsliv och dra ner plagget över hennes axlar.

Hon upptäckte att hon var oförmögen att kontrollera de darrningar av välbehag som for genom henne när Bens högra hand gled över hennes axel för att i nästa stund förflytta sig neråt och täcka ena bröstet. Hon skulle aldrig ha trott det vara möjligt att en fjäderlätt beröring av manliga fingrar kunde ge upphov till ett sådant överflöd av underbara känslor ... Känslor av den arten att de blockerade alla tankar utom en.

– Jag älskar dig, mumlade hon och det så mjukt att hon knappt var medveten om att hon hade sagt något – men reaktionen lät inte vänta på sig.

Hon kände hur han stelnade till, kände hur de magiska fingrarna slutade röra sig, innan han höjde huvudet för att stirra ner i hennes ansikte. Hans ögon glimmade av en underlig blandning av triumf och hård beslutsamhet.

I nästa stund stod han på fötter och undvek lätt den

hand hon sträckte ut mot honom. I stället förflyttade han sig utom räckhåll medan han muttrade ord som inte hade någon mening för henne just då, men som hon skulle erinra sig under de veckor, månader och år som följde.

– Nej, inte på det här viset, sa han på nytt som om han desperat försökte övertyga sig själv. Det är möjligt att jag är galen. Utan tvekan kommer min företagsamma lillebror att tro att jag är det … men det spelar ingen roll. Jag kan inte tillåta att det sker … inte på det här viset.

Sophia betraktade honom under tystnad när han grep tag om spiselkransen med samma fingrar som bara stunden innan hade förorsakat kaos inom henne.

– Ben, jag förstår inte. Hon kände sig som ett barn, sårad och förvirrad, som straffades för något. – Gjorde jag något fel?

Han gjorde inte ens ett försök att svara och hon kunde inte låta bli att undra om det var hennes oanständiga avsaknad av återhållsamhet som hade förorsakat den plötsliga förändringen hos honom. Instinktivt grep hon tag i överdelen av klänningen och försökte rätta till plagget så snabbt som möjligt. Det i sig var ingen lätt uppgift eftersom fingrarna plötsligt verkade ha ersatts med enbart tummar.

– Jag älskar dig verkligen, Ben, försäkrade hon när hon kände sig förmögen att titta på honom igen. Jag skulle aldrig ha tillåtit dig … jag menar, jag skulle inte ha …

– Jag vet vad du menar. Först då besvärade han sig med att titta på henne. Och även om Sophia inte var helt säker på vad han tänkte kunde hon inte heller se minsta uttryck av förakt eller avsmak i hans ögon. – Det är just därför jag är inte beredd att låta det ske på det här viset. Jag måste uppsöka din far och be honom om din hand på formellt sätt. Jag vill att han … och du ska få chansen att välja.

– Vad! Sophia gapade stort, oförmögen att tro att en man lika intelligent som han hade yttrat något så vansinnigt. – Ben, du måste ha blivit tokig … Eller så har jag blivit det! Vilket i sig inte skulle förvåna henne för det hade börjat bulta rejält i hennes stackars tinningar. – Pappa kommer aldrig att ge sitt tillstånd. Aldrig! Hör du vad jag säger?

– Inte det? Han föreföll inte vara det minsta övertygad och det såg inte heller ut som om det oroade honom. Om något så föreföll han road. – Nå väl, jag hoppas att du misstar dig. Men om så inte är fallet måste vi helt enkelt lita på att förnuftet segrar och att han med tiden ger vika.

– Det kommer han inte att göra! En dumbom skulle inte ha kunnat missta sig på övertygelsen i Sophias röst. – Du känner inte min far. Varifrån tror du att jag ärvde mitt envisa och beslutsamma drag? Jag har ju talat om för dig hur det har varit hemma under de två, tre senaste veckorna, påminde hon honom, samtidigt som hon undrade varför han axlar skakade som av ett tyst skratt.

– Det har varit en konstant kamp mellan viljor. Jag har genom olika lister lyckas avgå som segrare fram till nu, men det finns inget som säger att det förhållandet varar mycket längre till. Av någon anledning verkar pappa fast besluten att se mig bortlovad innan säsongen är över. Han är inte heller en man som har lätt för att acceptera ett nederlag.

– Om det är fallet borde han bli förtjust när jag söker upp honom med mitt giftermålsanbud.

Hennes vantrogna och förskräckta uttryck blev nästan hans undergång. Han visste nämligen exakt vad som for igenom hennes söta lilla huvud för stunden. Det fanns inget han hellre ville än att försäkra henne om att allt skulle ordna sig när han till slut bad earlen om hennes hand – men han lade band på sig. Den ljuvliga Sophia, bortskämd ända från födseln, behövde lära sig att hon inte kunde få allt hon ville i livet och att hon måste vara beredd på eftergifter. Viktigast av allt var dock att hon övergav de få kvarvarande flickaktiga tankarna som hon försökte ta med sig in i livet som vuxen och acceptera verkligheten om vem hon var och vad hon var.

– Självklart inser jag att det alltid finns en möjlighet

att han kanske ogillar mig och avböjer mitt anbud. I så fall innebär det att du måste vara beredd att avstå från din hemgift när vi väl gifter oss.

För första gången såg han osäkerheten glimta till i hennes ögon och hörde den i rösten när hon svarade.

– Skulle det då betyda så mycket för dig? Det gör det nämligen inte för mig.

– Inte det?

– Nej. Jag skulle mer än gärna avstå från mitt arv för att få gifta mig med mannen som jag älskar, förkunnade hon.

– Mycket gripande! Han skonade inte hennes känslor, kunde i själva verket inte göra det om han ville vara säker på att vinna henne, och himlade därför med ögonen. – Du tror alltså att kärleken är det enda som är viktigt här i livet?

– Ben, vad är det som är fel? Hennes uppenbara ängslan var nästan mer än han kunde uthärda. – Vill du inte gifta dig med mig?

– Mer än du inser, min älskling, men vi lämnar det ämnet för stunden. Låt oss i stället diskutera hur pass bra du skulle bli i rollen som hustru till en hårt arbetande stalldräng.

Han ställde sig med benen brett isär och korsade armarna framför bröstet. Därefter tittade han på henne från topp till tå.

– Du är tilltalande för ögat och det går inte att missta

sig på att du är en kvinna av ädel börd. Samtidigt skulle en förnuftig man inte köpa ett fullblod och ställa det framför plogen.

Hunnen så långt såg han att hon började ilskna till. Det syntes tydligt redan innan hon bistert påtalade att han gjorde klokast i att välja sina ord med större omsorg.

– Jag tvivlar starkt på att du kan laga mat, fortsatte han, precis som om hon inte hade sagt något. Inte heller tror jag att du ens någonsin har hållit i en sopkvast. Det skulle också förvåna mig enormt om du ens försökt stärka en kravatt eller tvätta ett smutsigt plagg, för den delen. Allt sammantaget skulle du bli till föga nytta för en fattig man, min älskling. Jag tror att vem som helst skulle göra bra i att överväga saken noga innan han beslöt sig för att ta dig som hustru.

För Sophia var antydningen fullt klar. Den man som hon precis hade upptäckt att hon älskade, mannen hon gladeligen skulle ha offrat allt för, hade själv förbehåll vad gällde henne!

Hon kände sig otroligt sårad, inte minst med tanke på det kärleksfulla famntag som ägt rum mellan dem bara några minuter tidigare. Dessutom kände hon sig grundligt förödmjukad av uppräkningen av det han ansåg vara brister hos henne.

Sophia hade aldrig trott sig vara en hämndlysten person, men nu upptäckte hon att hon var oförmögen att kväva det överväldigande behovet av att såra och förnedra honom i gengäld.

Efter att ha hämtat styrka ur den djupa källan av kvinnlig stolthet klev hon upp från sängen och såg honom rakt i ögonen.

– Med tanke på allt tror jag bestämt att vi båda skulle tjäna på att tänka oss för länge och ordentligt innan vi fattar ett beslut som vi annars kan komma att ångra i framtiden, förkunnade hon, och var i den stunden en högdragen aristokrat ut i fingertopparna. Det gäller inte minst dig, för som du säkerligen förstår kan du inte fortsätta vara min stalldräng längre. Inte med tanke på det som har inträffat mellan oss.

– Jag skulle inte ha kunnat formulera det bättre, höll han lydigt med om. Dessutom har jag inte för avsikt att tillbringa natten med dig i den här stugan. I stället förser jag mig med en av filtarna från sängen och inväntar gryningen på trappan.

Efter att ha sagt det slet han till sig en av filtarna och gick mot dörren. Där hejdade han sig dock för ett ögonblick och mumlade något som lät misstänkt lik "god natt hertiginnan".

Flera gånger, innan Sophia till slut somnade, var hon på vippen att ropa till Ben och be honom komma in och tillbringa natten på träbritsen framför brasan, men stoltheten förhindrade henne. Långt innan hon vaknade för att upptäcka att solskenet strilade in genom fönstret i stugan hade hon dock börjat ångra de hetsiga och förhastade ord hon kastat ur sig i vredesmod. Nu var hon fast besluten att övertala honom att stanna, säker på att de kunde hitta en lösning på deras problem.

Olyckligtvis visade det sig redan vara för sent. Även om det var omöjligt för henne att känna till det när hon kastade av sig filtarna och skyndsamt reste sig, iförd den skrynkliga klänningen, var Benjamin Rudgely redan på väg därifrån. Han skumpade fram längs vägen på en lånad häst – på väg ut ur hennes liv.

Tolfte kapitlet

Vilken fördömd otacksamhet! En eller två av frukosträtterna kom farligt nära att sluta på golvet när earlen av Yardley gav luft för sin irritation genom att smälla handflatan i bordet. – Vad skulle man annars kunna kalla det för? Redan från första början visste jag att det inte var särskilt förnuftigt att anställa mannen utan att ens få några referenser! Men som den varmhjärtade själ jag är gick jag emot bättre vetande. Och hur återbetalar den uslingen min generositet? krävde han att få veta utan att vända sig till någon speciell av de två åhörarna. Det kan jag tala om – genom att ge sig av utan att så mycket som besvära sig med att tala om att han slutar och därmed lämna oss en man kort! Den otacksamme skurken!

Lady Cleeve kunde inte dölja ett leende. Även om hon höll med maken i dennes utgjutelser mot den försvunne stalldrängen kändes det ändå skönt att ha honom vid frukostbordet igen. Då spelade det heller ingen större roll att han just den här gången var på dåligt humör. Tack och lov var dessa utbrott inte lika ofta förekommande som tidigare längre, påminde hon sig. Även om hon knappast kunde påstå att han var sitt vanliga lugna jag igen hade hon ändå kunnat se en märkbar förbättring i hans attityd de senaste dagarna.

– Hans agerande kan ha varit … lite tanklöst, men jag tror att du gör orätt i att kalla honom för en usling, påpekade hon. Jag håller med om att det var fel av master Rudgely att inte bemöda sig om att arbeta uppsägningstiden ut, men han tog åtminstone inte med sig familjens silver när han försvann.

– Det stämmer, höll lorden med om och den ogillande rynkan i hans panna började slätas ut. Men det är ändå förbaskat konstigt! Hans blick gled över från hustrun till den tredje personen vid matbordet. – Och du kan inte kasta mer ljus över saken, Sophia?

– Hon har redan berättat allt hon vet, min kära, inflikade hans maka som genast ryckte ut för att hjälpa dottern. Dessutom är det Sophia som har störst skäl att klaga över mr Benjamin Rudgelys försvinnande. Du hade hunnit bli rätt förtjust i honom, inte sant?

– Mycket, svarade Sophia och häpnade över sin

självkontroll. Samtidigt kände hon sig också stolt över att kunna hålla god min.

När hon vaknat den morgonen hade hon upptäckt att Ben inte satt på trappan utanför stugan. Den var i stället upptagen av lord Nicholas Risely och hustrun till värdshusvärden vars ställe de hade besökt föregående eftermiddag. Hon hade lyckats hålla masken och hade vare sig då eller senare avslöjat för någon om den hemska värken i hjärtat som aldrig lämnade henne.

Sophia hade ett klart minne av att Ben hade ansett att kvinnor ur hennes klass som gav efter för sina känslor bland andra var vulgära. Hon hade alltid med stort intresse lyssnat på hans åsikter och underligt nog hade de nästan så gott som alltid stämt överens med hennes egen uppfattning.

Hon hade också snabbt börjat acceptera, och det oavsett hur svårt och smärtsamt det var, att allt han hade sagt under den oförglömliga natten i stugan för bara en vecka sedan – en vecka som kändes mer som ett år – hade varit sant. Det var bara i sagorna som prinsessor gifte sig med grodor. Det var enbart löjliga och barnsliga fantasier som tillät damer av börd att gifta sig med sina drängar och sedan leva lyckliga hela livet ut.

Ja, han hade sannerligen haft rätt, erinrade hon sig tyst. Hon kunde bara hoppas på att hon en dag beviljades möjligheten att tala om det för honom. Då skulle hon säga att hon fortfarande älskade honom och förmodligen också alltid skulle göra det, men att det ändå var omöjligt för dem att gifta sig.

– Jag tror inte att det finns något jag kan tillägga utöver det jag redan har berättat, bekräftade Sophia, som tvärt övergav sina minnen när hon blev medveten om två par ögon som vilade på henne. Jag har redan förklarat orsaken till varför jag beslöt mig för att ta med Ben. Å andra sidan, och för att vara helt ärlig, rättade hon sig, tror jag bestämt att det var lord Nicholas förslag. När hans fasters vagn inte dök upp tyckte han inte att jag borde göra honom sällskap i staden utan att ens ha en dräng med mig.

Lorden gav ifrån sig ett otåligt ljud. – Lady Tabatha Risely har alltid varit ett dumt fruntimmer. Tänka sig att man kan glömma att skicka vagnen efter sina gäster trots att man har lovat att göra det!

– Det är möjligt att det finns någon ursäkt, påpekade hans hustru. Hon har trots allt redan fyllt sjuttio, kära du.

Lordens grå ögonbryn for i höjden. – Vad menar du med det? Jag har själv också nått den höga åldern och det är inget fel på mitt minne.

– Inte alls, min kära, höll hans maka tacksamt med om, men du är å andra sidan ett undantag. Och som du redan har påpekat har lady Tabatha alltid haft en tendens att vara lite … virrig. Tack och lov att det inte är ett drag som går i familjen! Lord Nicholas, den käre gossen, visade stor sinnesnärvaro genom att insistera på att ta med vår stalldräng. Ändå önskar jag att han inte hade fått för sig att resa hela vägen till sin fasters hus i en öppen vagn när han misslyckades med att hinna i fatt sina vänner.

– Nej, det var kanske inte det klokaste att göra, var Sophia tvungen att hålla med om. Men jag har redan förklarat hur det låg till, mamma. När vi stannade på skjutsstationen för att byta hästar skulle det ha tagit oss lika lång tid att återvända hit och hämta resvagnen som det skulle ha gjort att fortsätta till lady Tabathas hus.

Jag hade ingen aning om att lorden inte hade tänkt stanna över natten hos sin faster utan i stället hade arrangerat logi hos sin vän Toby Alderman som bor i närheten, fortsatte hon raskt.

Den version hon gav dem var den som lord Nicholas hade rått henne att använda ifall föräldrarna fick för sig att fråga ut henne. Och på något outgrundligt sätt hade hennes bedövade hjärna lyckats ta till sig varje ord han sagt under resan tillbaka till staden i Toby Aldermans vagn. Deras ankomst kunde inte ha varit mer anständig och han hade haft all avsikt i världen att se till att det förblev på det viset genom att dikta upp den fantastiska sagan.

Den gången hade Sophia accepterat förslaget utan att ifrågasätta det. Bens oväntade försvinnande hade efterlämnat henne så lamslagen att hon inte hade varit i stånd att göra något annat. Det var först de senaste dagarna hon hade börjat grunna över varför lord Nicholas varit så emot att hon skulle berätta sanningen om det som hade hänt. Det var trots allt inget speciellt oanständigt som hade inträffat. Ben hade tillbringat hela natten ute på trappan. Men hon hade gett Nicholas sitt ord och hade inte för avsikt att bryta sitt löfte.

– När lorden föreslog att han skulle ta med sig Ben för att tillbringa natten hos Alderman fann jag inget konstigt med det. Som du själv påpekade, mamma, så är lady Tabathas hus inte stort, och hon ville i själva verket inte ta på sig den ökade bördan av att tvingas förpläga onödigt tjänstefolk. Givetvis kom det som en smärre chock för mig när jag upptäckte att Ben hade gett sig av utan att tala om för en endaste själ vart han var på väg.

– Ja, jag är säker på att det måste ha känts förskräckligt, min kära. Ett mycket underligt agerande från hans sida! Lady Cleeve såg betänksam ut och drack lite kaffe innan hon fortsatte prata. – Jag antar att lord Nicholas ännu inte har fått reda på något mer?

– Inte såvitt jag vet, mamma. Han är däremot väl bekant med den delen av landsbygden och har lovat att höra sig för. Som du kanske vet talar alla i staden nu om hans brors återkomst och jag tror att lord Nicholas har åkt till Hampshire för att tillbringa några dagar med hertigen av Sharnbrook. När han återvänder till London ska jag ta reda på om han har upptäckt något.

– Det är verkligen synd att unge Rudgely fick för sig att lämna oss, påpekade lorden plötsligt, och det mycket oväntat. Nu önskar jag verkligen att jag hade tagit mig tid att lära känna honom lite bättre. Jag har hälsat på honom vid ett par tillfällen men jag tror inte att vi har utväxlat mer än ett dussin ord under den tid han var här. Trapp sökte förresten upp mig i går morse, erinrade han sig. Han var mycket bekymrad över att han inte hade återvänt för att hämta sina få tillhörigheter.

Sophia, som föreföll anmärkningsvärt samlad, tittade på earlen. – Jag måste erkänna att det gör även mig lite orolig, pappa. Ändå föreslår jag inte att vi ska ta tillbaka Ben ifall han väljer att återkomma. Däremot skulle jag vilja få besked om att inget hemskt har hänt honom, förklarade hon.

– Jag förstår, svarade lorden vänligt och förrådde än en gång att han var på väg att återhämta sig från det som hade gjort honom så upprörd. Om unge Risely är oförmögen att få reda på något kanske jag själv tar en liten promenad längs Bow Street. Han sneglade upp när dörren öppnades. – Ja, vad är det Cardew?

Butlern kom fram med ett brev på en silverbricka. – De avlämnades av en budbärare, milord, för några minuter sedan. Mannen sitter för tillfället och intar förfriskningar i köket medan han väntar på ett svar.

Lordens grå ögonbryn for i höjden när han bröt det imponerande sigillet. – Milde tid! utbrast han efter att ha läst igenom de få raderna. Vad tror du om det här, min kära?

Hustrun tog emot brevet och lät blicken glida över raderna. – Jag förstår, svarade hon, och utan att visa tecken på den uppenbara chock som hennes make hade drabbats av. Hans nåd hertigen av Sharnbrook har varit vänlig nog att bjuda in oss för att tillbringa några dagar med honom i sitt fäderneshem.

– Ja, men varför? Lorden gjorde en gest med händerna som klart och tydligt visade hur häpen han var. – Den sista gången jag såg unge Benedict Risely hade han ännu kortbyxor på sig. Varför skulle han plötsligt få för sig att bjuda in mig och min familj till Sharnbrook?

Hustrun ryckte på axlarna. – Det har jag sannerligen inget svar på. Jag kan bara föreställa mig att lord Nicholas kanske har nämnt sin vänskap med Sophia och berättat om hur vänlig hon var som deltog på deras fasters födelsedagsfest. Det är möjligt att hans nåd önskar tacka henne personligen.

– Nå väl, jag hoppas att det är allt, och att han inte

får några dumma idéer om att vår lilla Sophia skulle utgöra en passande maka till honom. I stället för att vara irriterad föreföll dock lorden snarast road. – Han lär snabbt upptäcka – såvida jag accepterar inbjudningen – att han är värd till den enda unga fickan i landet som är avogt inställd till gentlemän med titlar.

– Är du osäker på huruvida du ska acceptera inbjudningen eller inte, pappa? undrade Sophia lätt. Du förvånar mig sannerligen! Jag skulle ha tagit för givet att du hade lust att gripa tag i ett sådant här gyllene tillfälle med båda händerna. Hur det än är tycker jag trots allt ganska bra om lord Nicholas så chansen är stor att jag även godkänner hans bror. Underligare saker har inträffat ska du veta.

Hon reste sig och gick fram till dörren. Där hejdade hon sig dock och gav fadern en sista blick ur djupet av sina gröna ögon.

– Vore jag du skulle jag tacka ja. Även om hertigen och jag upptäcker att vi tycker illa om varandra i samma stund vi ses skulle vi alla må bra av att få andas den friska luften på landet under några dagar.

Efter att ha sagt det lämnade hon rummet. Kvar satt fadern som gapade av häpnad över dotterns förändrade attityd.

Oavsett vilken orsaken var till att fadern accepterade den oväntade inbjudningen kunde Sophia inte ångra sin inblandning när Trapp tre dagar senare körde fram vagnen till dörren, och hon för första gången fick syn på hertigen av Sharnbrooks fäderneshem.

Huset omgavs av en väldig och välskött park och byggnaden som nu badade i eftermiddagssolens gyllene sken utgjorde en vördnadsbjudande syn. Sophia kunde inte erinra sig att hon någonsin hade sett en vackrare omgivning och hon kunde bara förundras över att familjens nuvarande överhuvud hade lyckats hålla sig borta från den vackra platsen under så lång tid. Vore huset hennes skulle hon aldrig vilja lämna det ens för fem veckor och än mindre för fem år!

Interiören var minst lika imponerande – åtminstone det lilla Sophia hann få syn på när hon i föräldrarnas sällskap följde efter den äldre hushållerskan uppför en imponerande trappa av ek. När de kom upp svängde de åt vänster för att följa korridoren fram till den nyligen tillbyggda östra flygeln. Här visades hon in i ett stort och ljust sovrum med gröna gardiner och sängförhängen och handmålade kinesiska tapeter på väggarna.

Förundrad lät hon blicken glida över allt från det utsirade taket till den tjocka mattan på golvet. För mer än tvåhundra år sedan hade några av den tidens allra bästa arkitekter och inredare anställts för att arbeta på huset och dess omgivning. De hade skapat en plats av tidlös skönhet som än i denna dag kunde tävla med de allra finaste egendomarna i landet.

Sophia hade aldrig tidigare besökt ett hus som så till den grad hade lyckats fånga hennes intresse. Även om hon inte visste vad det var för speciellt med platsen som fängslade henne så övermannades hon av en stark längtan att se allt. Hon ville utforska varje skrymsle och vrå och uppdaga alla dolda hemligheter. Som en följd av detta skyndade hon sig därför att byta om från de skrynkliga reskläderna till en söt muslinklänning. Därefter nappade hon åt sig sjalen och fortsatte raskt till moderns rum.

En enda blick på lady Cleeve, som vilade på schäslongen vid det öppna fönstret, räckte för att hon skulle förstå att modern för närvarande inte delade hennes entusiasm.

– Åh, jag ber verkligen om ursäkt för att jag störtar in på det här viset, mamma. Sov du?

– Nej, kära barn. Jag vilade mig bara.

Hon höll ut handen för att visa att hon ville att dottern skulle slå sig ner bredvid henne. Hon hade omedelbart sett att Sophias gröna ögon tindrade mer än vanligt och det var ett uttryck som hon hade saknat den senaste tiden.

– Du verkar upphetsad. Är det tanken på att möta vår värd som har gett dina kinder den röda färgen?

Han har rykte om sig att vara en rätt stilig man, ska du veta.

– Ja, jag har hört det, svarade Sophia torrt, och avslöjade med sin kommentar sin totala avsaknad av intresse. Däremot löper jag betydligt större risk att bli hänförd av det här fantastiska huset än av dess herre. Har du någonsin sett ett sådant vackert beläget ställe?

– Nej, jag tror inte det.

Lady Cleeve såg dottern studsa upp och gå fram till fönstret. I den stunden blev hon erinrad om något som hade förefallit underligt några dagar tidigare. Efter att med en nick ha avfärdat husan tvekade hon inte att tillfredsställa sin nyfikenhet.

– Varför jag uppmuntrade pappa att tacka ja till inbjudningen? upprepade Sophia. Jag antar att jag fick för mig att det skulle gagna honom att komma ifrån staden några dagar. Jag hoppas verkligen att ombytet gör honom gott. Han har verkat betydligt bättre till mods den sista tiden, inte sant?

– Ja, mitt barn. Är du säker på att du inte hade något annat skäl? ville modern plötsligt veta.

Sophia slöt ögonen och lyckades med framgång hålla tårarna under kontroll. Det var bara när hon var ensam på sitt sovrum hon lät dem falla. Då brukade hon gråta länge och väl i kudden, men trots det mådde hon aldrig bättre nästa morgon.

Gråtattackerna skulle förmodligen avta med tiden.

Värken i hjärtat var dock densamma än i dag och påminde henne om hur grymt livet kunde vara. Ödet hade försäkrat sig om att hon skulle träffa en man hon inte kunde undgå att älska, men som hon aldrig kunde ha hoppats på att få gifta sig med.

– Det fanns flera skäl, mamma, medgav hon mjukt. Jag hoppades i hemlighet på att lord Nicholas ännu skulle vara kvar här. Olyckligtvis och som du säkerligen hörde hushållerskan svara på min förfrågan har lorden återvänt till London i morse. Hon ryckte på axlarna. – Nå väl, det spelar ingen roll. Jag hinner träffa honom när vi är tillbaka i staden igen. Under tiden är jag fast besluten att njuta av den härliga och friska lantluften. Det är underbart att få en frist från alla ljud och stanker.

Lady Cleeve tvivlade inte på att dottern talade sanning men hon misstänkte ändå att det fanns en hel del som Sophia höll för sig själv. Däremot underlät hon att höra sig för ytterligare.

– Jag hoppas verkligen att vi alla kommer att tjäna på det här korta besöket på landet, nöjde hon sig med att säga. Å andra sidan borde jag påpeka att du genom att uppmuntra din far att acceptera Sharnbrooks oväntade inbjudan förmodligen har fått honom att hoppas på att det kan leda till ett utmärkt parti för din del.

– Nå väl. Varför inte? frågade Sophia nonchalant.

– På grund av ditt eget medgivande om att du föredrar betjänter framför markiser, kunde modern inte motstå att påminna henne om. Därefter log hon när hon såg dotterns förvånade leende. – Ja, jag hörde ryktet samma kväll som vi hade balen, erkände hon. Jag har också en rätt god idé om varifrån det härstammade.

– Att jag någonsin kunde säga något så idiotiskt! utbrast Sophia skamset. Jag förstår verkligen inte hur du har lyckats stå ut med mina dumheter under alla de här åren, mamma. Ett ångerfullt leende fick hennes mungipor att dras uppåt. – Då är det möjligt att det här inte var mer än vad jag förtjänade, mumlade hon, knappt medveten om att hon pratade högt.

Hennes mor blev plötsligt på sin vakt. Hon hade precis upptäckt ett uttryck i dotterns ögon hon aldrig hade sett tidigare.

– Vad är det, kära barn? frågade hon och började genast befara det värsta. Är det något som är fel?

– Kommer du ihåg hur det var när vi först anlände till London? började Sophia innan hon vände sig om för att stirra ut över den enorma parken som om hon på något sätt kunde finna tröst där. Då var pappa orolig för att jag skulle falla offer för lycksökare. Jag tror inte att han för ett endaste ögonblick trodde att hans dyrkade dotter skulle vägas och bli befunnen för lätt. Att hon skulle vara den som inte hade vad som krävdes för att bli den perfekta hustrun.

Hon vände ryggen åt den fantastiska utsikten och

gick snabbt fram till dörren, rädd för att den stenhårda kontroll hon tvingades utöva annars skulle spricka.

– Åh, om bara grodor kunde förvandlas till prinsar! utbrast hon. Nå väl, jag kan inte få min groda, mamma, och jag måste därför förbereda mig på att nöja mig med det näst bästa. En hertig passar mig förmodligen lika bra som någon annan.

Innan modern hann samla sig tillräckligt för att fråga vad som stod på hade Sophia redan lämnat rummet.

Lady Cleeve satt blickstilla under flera minuter. Förundrad stirrade hon på dörren som hade stängts bakom dottern innan hon skyndade in i det angränsande rummet. Där fick hon syn på sin make som stod framför ett av de stora fönstren med händerna knäppta bakom ryggen.

– Thomas, vi måste omedelbart ge oss av härifrån! förkunnade hon utan att skräda på orden.

– Vad …?

Earlen som hade varit försjunken i tankar och inte hade hört sin maka komma in ryckte till. När han vände sig om fick han se sin i normala fall lugna hustru gå fram och tillbaka i rummet som en förryckt varelse.

– Sjutton också, vi har ju precis anlänt! Vad är det som felas dig, Marissa?

– Ingenting. Däremot fruktar jag att det är något fel med Sophia. Herregud, jag tror bestämt att hon tänker acceptera Sharnbrook såvida han ger henne ett giftermålsanbud!

Det var som den skönaste musik i lordens öron.

– Ja? Vad är det med det? Det vore ett utmärkt parti.

– Inte om hon fortfarande sörjer sin groda.

– Groda? Nu tappade earlen hakan av häpnad.

– Vad i all världen talar du om, Marissa? utbrast han innan han gav henne ett medkännande leende. Nu vet jag vad som står på. Allt det där stressandet i London har lett till att du har blivit överansträngd. Du behöver vila lite grann.

– Det är ingenting som är fel på mig! snäste hon, eftersom hon för första gången någonsin var farligt nära att tappa humöret. Det är Sophia du borde oroa dig över. Hon stannade till. – Jag borde ha förstått det! Jag lade nämligen märke till att hon förändrades … Men aldrig för ett endaste ögonblick gick det upp för mig att hon hade blivit förälskad … Herregud, vilken dåre jag har varit!

– Förälskad? Sophia …? I vem, om jag får lov att fråga? Lorden visade vid det här laget tydliga tecken på förvirring. – Såvitt jag vet har hon med undantag för unge Risely inte visat minsta intresse för någon man sedan vi anlände till London.

– Nej, jag är medveten om att hon inte har gjort det, höll makan med om, och oron var påtaglig i hennes bleka ansikte. Och det är precis det som stör mig för jag fruktar nu att hon har förlorat sitt hjärta till ... till någon du skulle finna helt oacceptabel.

– Ha! Det är alltså på det viset det ligger till! röt lorden och smällde ner knytnäven i ett bord som råkade stå lämpligt till hands. Jag borde ha förstått att den lilla flicksnärtan skulle göra något i den stilen bara för att reta upp mig.

– Om du verkligen tror på det, Thomas, måste jag säga att du är mycket orättvis mot vår dotter, svarade lady Cleeve, vilket förvånade lorden så till den grad att han glömde sin ilska och i stället gav henne sin fulla uppmärksamhet. Om du inte hade varit en sådan dysterkvist, så ointresserad av allt som pågick omkring dig – med undantag av dina egna bekymmer – skulle du inte ha försummat att lägga märke till förändringen hos Sophia. Hon har accepterat dina utbrott och ditt oresonliga uppförande med stort tålamod och förståelse och jag har känt mig stolt över att vara hennes mor.

Inte en endaste gång har hon tappat humöret trots att du var dum nog att ställa upp varje snobb och dandy du kunde hitta framför henne. Det är inte undra på att den lilla stackaren förblev ointresserad av de äktenskapskandidater du hittade ... Hennes känslor var redan upptagna!

– Vem är den här mannen du talar om? krävde earlen att få veta.

– Det är just det jag inte vet! Hustrun försökte återfå sinnesfattningen och sjönk ner i närmaste fåtölj. Där satt hon tyst en stund medan hon försökte få lite ordning på sina orediga tankar. – Om jag inte hade oroat mig så mycket över dig de senaste veckorna skulle jag kanske ha varit mer uppmärksam i fråga om Sophia. Det är uppenbart att hon har ansträngt sig för att dölja sanningen för mig. Det är möjligt att hon djupt inom sig hela tiden har vetat att hon genom att gifta sig med föremålet för hennes känslor skulle göra sig skyldig till en mesallians.

Hon höjde huvudet och tittade på earlen tvärs över rummet. Han föreföll inte längre vara ilsken utan såg nu enbart fundersam ut.

– Sanningen att säga, Thomas, vet jag inte vad som har skett mitt framför näsan på oss de senaste veckorna. Det enda jag är säker på är att vår dotter är fruktansvärt olycklig och att hon kämpar hårt för att inte avslöja sina känslor för någon.

Om det finns minsta möjlighet för att ett äktenskap med den okände man som har vunnit vår dotters tillgivenhet är möjlig … Är du då beredd att ta ett steg tillbaka och tillåta henne att gifta sig med någon hon aldrig skulle kunna älska – enbart för att behaga dig?

Det dröjde en bra stund innan earlen svarade. – Nej, Marissa, det är jag inte. Den här gången gick det inte heller att missta sig på beslutsamheten i rösten. – Nu letar vi reda på vår dotter och tar reda på exakt vad som pågår!

Sophia, som var lyckligt omedveten om att båda föräldrarna var på jakt efter henne, promenerade längs de grusade gångarna bakom huset. De senaste dagarnas påfrestningar hade börjat ta sin tribut. Inte nog med att hon hade kommit farligt nära att bryta ihop inför modern, nu började hon också bli säker på att hennes ögon spelade henne ett spratt. För hon hade precis fått syn på en person som hon nästan skulle ha kunnat svära på var hennes förre stalldräng, Clem Claypole. Mannen i fråga satt uppflugen på ryggen på en ståtlig svart hingst och var på väg mot stallängan.

– Jag håller på att bli galen! muttrade hon när hon fortsatte in i ett stort drivhus för att stunden senare vara omgiven av en mångfald väldoftande blommor som hon inte kunde namnge.

Även om hon fann fuktigheten där inne lite kväljande var den berusande doften outsägligt ljuvlig. Därför stod hon stilla en stund och häpnade över den underbara samlingen exotiska växter innan blicken fastnade på en stor blomma i en lerkruka några meter framför henne.

– Var försiktig med den där, varnade en skrämmande bekant röst, när Sophia sträckte ut handen för att röra vid ett av de läderartade bladen. Den kommer långväga ifrån och är det enda exemplaret av den arten här på egendomen. Av den anledningen behandlas den med yttersta försiktighet.

– Mycket förståeligt, svarade hon och drog snabbt till sig handen som om hon hade bränt sig.

Därefter vände hon sig om för att se en lång och oklanderligt klädd gestalt dyka fram mellan det täta lövverket en bit längre bort. Det faktum att någon avlägsen del av hennes hjärna genast hade igenkänt något bekant i den mörka rösten borde ha varit tillräcklig varning. Ändå kom hon på sig med att gapa när hon höjde blicken för att se det älskade ansiktet, nu renrakat, med den gyllene manen som nu hade klippts till en mer respektabel längd. Mannen log ner mot henne.

– Ben! flämtade hon, fortfarande ovillig att tro sina ögon som nu gled över varje detalj i den felfria klädseln.

Han bar en välstärkt kravatt som trots fuktigheten hade lyckades behålla formen. Den dyrbara linneskjortan var nerstoppad i linningen på ett par välsittande byxor och de svarta stövlarna glänste. Vad han gjorde här och klädd som en gentleman var den första av många frågor som snabbt lagrades i hennes stackars bultande huvud. Men innan hon hann säga något blev de avbrutna och hon kom på sig med att gapa stort igen när hon fick syn på den lika bekanta gestalten som plötsligt dök upp i dörröppningen.

– Clem, mumlade hon svagt, medan hon undrade om hon hade blivit spritt språngande galen.

– God dag, milady. Det var trevligt att se er igen. Hennes före detta stalldrängs sneda leende bleknade när han vände sig mot sin nye herre som stod alldeles bakom henne. – Jag är ledsen över att behöva störa, ers nåd, men vill ni att jag sadlar Sultan?

– Nej, inte i dag, Clem. Jag föreställer mig att jag kommer att ha fullt upp med andra och viktigare saker.

Trots sitt förvirrade tillstånd, där hon vägrade att erkänna ett faktum som började bli skrämmande tydligt, försummade Sophia inte att höra den roade undertonen i den älskade rösten.

– Har Trapp förresten återhämtat sig från chocken att stå ansikte mot ansikte med mig igen? Jag hoppas att du har tagit god hand om honom.

– Han delar mitt rum ovanpå stallet, ers nåd. Det är möjligt att vi tar ett glas eller två lite senare så att vi hinner prata om gamla tider, skrockade Clem. Frukta inte. Han kommer att vara pigg och alert i morgon.

På något sätt lyckades Sophia nicka ett farväl till sin före detta stalldräng när han gick därifrån. Hon stod kvar och stirrade tomt på den plats där han precis hade stått.

– Jag vet att det här kommer att låta otroligt löjligt, började hon långsamt, men varför kallade Clem dig för ers nåd?

Det uppstod en kort paus innan han svarade. – Alla mina anställda visar mig den hövligheten, sa han mjukt.

Han kunde nästan höra hur hennes små vita tänder gnisslade och ville ta henne i sina armar och kyssa bort den stigande ilskan innan hon exploderade av vrede. Ändå blev han stående några meter ifrån henne.

– Jag vet hur du måste känna dig i den här stunden … Du är sårad, arg och känner dig kanske också lite dum för att du inte gissade sanningen långt tidigare. Det är också möjligt att du känner förakt för mig eftersom du tror att jag roade mig på din bekostnad.

Allt det och mycket mer, tänkte hon. Ändå lyckades hon hålla fast vid den beundransvärda självkontroll som modern med all rätta blivit så stolt över.

– Nå … och har du inte det?

– Nej, min älskling. Redan från första början menade jag allvar. Jag ville bara lära känna dig lite bättre först.

Det var då hon vände sig om för att titta på honom. Utan att ens blinka höll han kvar hennes skeptiska blick. Han visste instinktivt vad hon måste tänka och känna och klandrade henne inte det minsta för den förbittring som avspeglades i de vackra gröna ögonen.

– Jag måste medge att jag kanske inte valde det allra bästa sättet för att nå mitt mål. Det var i själva verket mycket löjligt av mig att utge mig för att vara en stalldräng.

– Varför gjorde du det då? inflikade hon och var ännu inte beredd att tro på honom, inte heller att förlåta honom för den delen.

– På grund av något som Nicholas hade nämnt i fråga om dig ... Det hade att göra med din negativa uppfattning om gentlemän och för att ... Åh, jag vet faktiskt inte! Otåligt körde han fingrarna genom håret, fortfarande irriterad på sig själv för att han iscensatt den löjliga planen till att börja med. – Det är möjligt att jag gav vika för en stunds oansvar, en längtan efter att få njuta av ett sista vansinnigt äventyr innan jag axlade det stora ansvar det innebär att bi överhuvud för familjen Risely. Gudarna allena vet vilken galenskap som kom över mig!

Hans suck var så innerlig att hon inte kunde förbli oberörd av den. Hon iakttog honom under tystnad och insåg i den stunden något som borde ha stått klart för henne redan från första början. Att han var minst lika kär i henne som hon i honom. Var det egentligen något annat som räknades?

– Jag älskar dig, Sophia Cleeve – det har jag gjort från den första stund när jag såg dig den där morgonen på Bond Street, erkände han frivilligt.

Hans ord var bara en bekräftelse på vad hon själv kände och även om det fanns betydligt mer hon behövde få reda på hon var beredd att vänta. Det enda som räknades var att han var här just nu.

Någonting i hennes ansiktsuttryck måste ha avslöjat henne för han dröjde inte med att sträcka ut handen.

– Vill du bli min hertiginna?

– Ja, svarade hon och sträckte villigt fram sin hand. Men enbart för att jag ämnar tillbringa resten av livet med att försäkra mig om att du kommer att lida av ofattbara plågor för det avskyvärda spratt du spelade mig!

Hans triumferande skratt kvävdes av en öm omfamning. De klängde sig fast vid varandra, utväxlade kyss efter kyss, smekning efter smekning, ända tills en ogillande röst krävde att få veta vad i all världen det var som pågick.

Till hälften roade, till hälften skamsna, frigjorde de sig från famntaget och vände sig om. I dörren in till drivhuset stod earlen av Yardley och glodde på dem. Vid hans sida skymtade hans maka som såg minst lika förbryllad ut.

– Även om jag är ovillig att säga emot dig i fråga om något, Marissa, tror jag att du tolkade den här situationen mycket felaktigt, började lorden med ett illvarslande tonfall. I stället för att lida av ett krossat hjärta förefaller vår dotter snabbt ha börjat förvandlas till en slinka!

Sophias enda reaktion på denna föga smickrande beskrivning av hennes moral var att brista ut i skratt. Därmed var det upp till Benedict att försöka reda ut den känsliga situationen.

Han föreslog raskt att hans blivande hustru skulle eskortera sin mor tillbaka till huset och säga till om att de fick te serverat i gula salongen. Själv gav han sig i kast med att försöka blidka earlen av Yardley. Det gjorde han med sådan framgång att lorden skrattade gott när de återförenades med damerna igen.

– Min kära Marissa, får inte allt det här dig att känna dig otroligt gammal? Tänka sig att det skulle vara vår stalldräng av alla i världen!

– Jag bemödade mig om att se till att ingen skulle känna igen mig, försäkrade Benedict henne. Men såvida nu någon ändå genomskådade min förklädnad föreslår jag att vi trolovar oss i lugn och ro här på Sharnbrook. Det går att arrangera på några få dagar. Societeten kommer då att tro att det var ett klart fall av kärlek vid första ögonkastet ... Vilket givetvis också är med sanningen överensstämmande, tillade han och gick fram till Sophia. Har du några invändningar mot en snabb trolovning, min älskade?

Hennes strålande leende var svar nog. Hon var mer än lycklig att gå med på allt han ville. I hans planer ingick också ett bröllop i den lilla kyrkan i Abbot Giles. Lady Cleeve var den enda som var lite besviken. Hon hade nämligen drömt om ett storslaget bröllop för sin enda dotter.

– Det här är vad de båda önskar sig, min kära, påpekade lorden när han en liten stund senare såg det lyckliga paret gå ut på terrassen. De kan också, som Sophia föreslog, ställa till med ett storståtligt firande när de reser till London nästa vår.

– Ja, självklart. Och jag får inte glömma bort att kära Beatrices och Harrys bröllop var en charmerande tillställning. Jag ser inget skäl till varför Sophias inte också skulle bli det. Man skulle behöva vara blind för att undgå att se hur kära de är i varandra. Hon tvingade bort uppmärksamheten från det lyckliga paret för att snegla upp på sin make. – Du måste vara helt överväldigad av händelseutvecklingen.

– Mycket, försäkrade han innan han snabbt bytte samtalsämne. Jag återvänder till London efter festen och försäkrar mig om att vi får in en liten annons om den lyckliga tilldragelsen i tidningarna. Eftersom jag inte längre förstår nyttan av att stanna kvar där ända till slutet av säsongen ska jag dock återvända till Jaffrey House i början på juni.

– Menar du att du inte tänker återvända hit? Hustrun var både förvånad och besviken. – Men du hörde väl att jag lovade Benedict att jag skulle stanna kvar med Sophia i flera veckor?

– Och det ska du också göra, min kära. Earlen tog hennes arm under sin. – Det är bara det att det är en eller ett par saker som kräver min uppmärksamhet … sådant jag har försummat att ta itu med under alldeles för lång tid. Ingenting som du behöver bry dig om.

Hans hustru var dock inte lika säker men behöll den reflektionen för sig själv. I stället tillät hon honom att eskortera henne ut på terrassen för att göra deras dotter och blivande svärson sällskap.

Skandalen på Steepwood

Lordens gunstling av Anne Herries (2013)
Intriger och skandaler av Elizabeth Bailey (2013)
En motvillig brud av Meg Alexander (2013)
Strunta i konventionen av Nicola Cornick (2013)
Ett oanständigt förslag av Gail Whitaker (2013)
Hertigens utvalda av Anne Ashley (2013)

Tyckte du om den här boken?
Nästa del i miniserien kommer i januari 2014.

Fortsättning följer ...
Miniserie i fyra delar av
Maya Banks
Fyra affärsmän, nära vänner sedan barndomen, får var och en ta konsekvenserna av ett hett möte som fått oanade följder …
Böckerna finns i handeln från november till februari.
Alla våra böcker finns att köpa på harlequin.se!
Passion

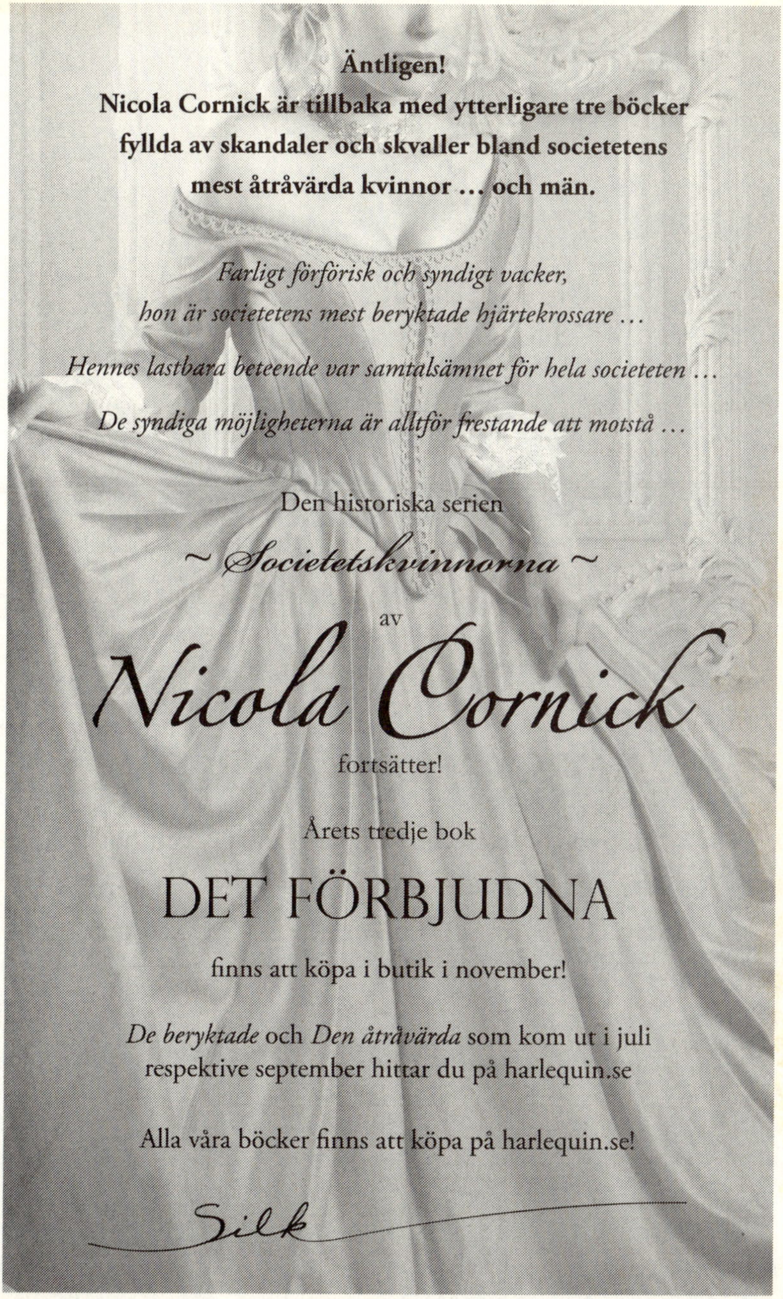
Äntligen!
Nicola Cornick är tillbaka med ytterligare tre böcker fyllda av skandaler och skvaller bland societetens mest åtråvärda kvinnor … och män.
Farligt förförisk och syndigt vacker, hon är societetens mest beryktade hjärtekrossare …
Hennes lastbara beteende var samtalsämnet för hela societeten …
De syndiga möjligheterna är alltför frestande att motstå …
Den historiska serien
~ Societetskvinnorna ~
av
Nicola Cornick
fortsätter!
Årets tredje bok
DET FÖRBJUDNA
finns att köpa i butik i november!
De beryktade och *Den åtråvärda* som kom ut i juli respektive september hittar du på harlequin.se
Alla våra böcker finns att köpa på harlequin.se!
Silk

Om du är riktigt snäll kanske alla
dina önskningar slår in i år …
Frestelser i juletid
Julklappar och kyssar under misteln – allt hör
julen till. Möt Cassie, Jace, Aspyn och Brady …
som får det som står högst på deras önskelistor!
Utkommer i november och december.
Alla våra böcker finns att köpa på harlequin.se!
HARLEQUIN Romantik

SVART GULD
Miniserie i fyra delar av
Michelle Celmer
De är redan miljardärer i olja
– och nu vill de bli rika i kärlek.
Böckerna finns i handeln från november till februari.
Alla våra böcker finns att köpa på harlequin.se!
Passion